文　化　边缘话题　中

主编／丁少伦

诗性·之美

简墨

济南出版社

图书在版编目（CIP）数据

诗性之美 / 简墨著. —济南：济南出版社，2013.9 （2023.5重印）

（文化中国 / 乔力，丁少伦主编. 边缘话题. 第4辑）

ISBN 978-7-5488-1052-0

Ⅰ. ①诗… Ⅱ. ①简… Ⅲ. ①中国文学—古典文学研究 Ⅳ. ①I206.2

中国版本图书馆 CIP 数据核字（2013）第 227021 号

诗性之美　　简　墨 / 著

策　　划	丁少伦		经　　销	各地新华书店
责任编辑	戴梅海		印　　刷	肥城新华印刷有限公司
装帧设计	侯文英　戴梅海		开　　本	710×1000mm　1/16
扉页题签	简　墨		印　　张	13
			字　　数	180 千
			版　　次	2013 年 10 月第 1 版
出版发行	济南出版社		印　　次	2023 年 5 月第 3 次印刷
地　　址	济南市二环南路 1 号		定　　价	39.80 元
邮　　编	250002		发行电话	0531-86131730
网　　址	www.jnpub.com			86131731
电　　话	0531-86131726			86116641
传　　真	0531-86131709		传　　真	0531-86922073

有爱若此

（代序）

一

　　读书的喜好应该是天生的。五六岁时就已经摸索着读爸爸的前苏联人写的、竖排版、繁体字、倒着读的老书了。每天父母把我锁在房间里就去上班，午间急急赶回家来给我弄点饭，下午，接着还是个读。清楚地记得，我第一本读的是《给初学绘画者的信》。像第一位的友人。

　　然而，这样一眼睇住、便喜欢了的友人，却让人前十年用来暗恋，中十年用来忘记，后十年用来惆怅。是无奈，也是有福。

　　那样的暗恋，果然到了天昏地暗的地步，一个羞涩的人，内向的人，要讲出"喜欢"两个字是多么的难！因此，就算杲杲丽日，对她来讲也是暗夜。

　　暗夜里，那恋却红红心中蓝蓝的天，恍若暖阳无日不在的春日，分分秒秒盼望着，不曾熄灭。

　　而那样点了书籍黄黄烛光找寻着小路、闲愁无法排遣的极夜，一连就是十年。没错，掐指算来，是十年。

　　是的，就在那些一律黄黄着脸儿的卷轴装、经折装、旋风装、蝴蝶装、包背装、线装、简装和精装书里，那些板了面孔、刻板、严肃、不苟言笑的经典的谷堆里，那些梵（高）翁、萨（特）翁、莎翁、托翁……的精深的粮瓮里，我失掉了少年，迷惘的少年，自苦着的少年。

　　然而总有救赎在的。

忽然，爸爸做了那个文化单位的创作组组长，管理着一应书画、诗歌、小说、戏剧、曲艺、音乐、舞蹈……几乎所有门类的杂志，足足有30几种，《诗刊》、《星星》自不必说，连《外国文学》、《民间文学》、《天津演唱》都有，更别讲《萌芽》、《当代》、《花城》、《十月》什么的啦！

事实上，单就文学来讲，就已经从《人民文学》这个老父亲，各个省、自治区、直辖市的《××文学》这些儿女们，我们全有！

而且，我们那个文化单位不大不小的图书馆建立起来，一应文史哲生医……配得齐整，钥匙也归我爸爸了——真感谢那个芝麻官官职啊。

哈，喜疯啦！像是暗恋的那个人，他也爱上我，并终于吐口对我表白。

那样于钟情和被钟情一朝醒来，突然发现被挑开了盖头的那种惊诧和大喜、而大快朵颐、滔天饕餮是任何一个懂得一点点——哪怕一点点——爱的人所能够体会的。差不多撑着了。

是的，是青春初初懵懂的豆蔻芳华。盲人摸象一样，终于到了全身——赶上了，上世纪八十年代中期他最丰神俊朗的时候。

这样通了鬼神般痴狂、而大雪洁白的柏拉图的爱一直延续了将近十年——八年。

之后，是我的一个不留神，却了他。去写那些不中用的东西，银样镴枪头的"劳什子"。好在，我和他并未远离。

这样的挣扎，彼此的牵挂和念着，又近了十年。我没时间读书，忙得汗都不顾得擦地写了十年专栏和约稿。好在我的笔力被那些千字文打磨得差不多了。我挣了些野钱，像经了些野合，却也辗转着，痛苦着，终于，赎身，从良，嫁了。

到了他的怀里。最终，还是到了他的怀里。

他不计较我，我的背弃，我的失身，我的青春不再，拥我入怀。

多么感激。

因此说，如同最初的最初，读书又成了我生活方式里最重要的一个部分——就好像鱼儿选择了游动，花儿选择了开放，骏马选择了奔跑，虫子选择了爬行。

这是一种适合自己的方式。宠辱皆忘。

而今，亲爱的他宠着我，如同一个女儿，一个婴儿。

而曾经沧海，也更明了：纯粹的读书，得到最多的似乎并不是什么功名，而是对自己灵魂的安慰。多一颗对文字的向美之心，便是多了些路要走，累则累矣，景色迷人。也是赚了的。

或者素朴空灵，或者诡异深刻，或者是人性意义上的，或者是哲学意义上的，无所谓高低。

也许正因为没有太多光怪陆离的诱惑，才能远离是非喧嚣，让一本本好书搭建成我们灵魂深处神秘而绮丽的花园罢？

如今，好书们是我那位熟悉到无比、闭了眼睛也能晓得他的口唇轮廓的爱人同志，那位最亲密最知己的情人朋友，打算一百年过下去的无间伴侣。

读一本好书，就仿佛和他山重水复、终于合拢了水流、一起奔向大海，有了绝妙甘美的沟通。这种沟通虽然沉默，却是高度优质、高度默契的。根本无须促膝对谈。

还有啊，到最好处，读书又如同我们年少时暗恋他的时候，偷偷地，贪看美色，常常看到痴过去，口涎淋漓亦尚自不觉——好书和美人（嗳，如同古人形容的，这里说的是好帅哥哦）一样，是天地灵气之钟，而且往往可遇不可求，遇上当然要瞠目结舌。读书又如品苦茶，而茶以润、匀、净为上品，苦茶则更追加了一种枯索沉寂之美，极品好书如同暗恋，怕也就暗含了苦茶的味道，所谓美丽的极致一定附带了些微忧伤。

好书读来更如听大提琴——虽然老气横秋，弓腰塌背，蹲在那里，但岁月的痕迹无损他的魅力，反而是种风采，充溢着爱到深处时欲语还休的忧愁，和举重若轻的浅笑。一册书就是百样人生——我喜欢看到时光，你的、我的、大家的时光，快乐的、疼痛的、美好的、丑恶的、过去的、未来的、怜惜的、蹉跎的……干干净净地刻录下来，然后回忆。

就这样，读一本好书，就好像和本色、细腻、对生命有着天然洞察和超然体味的、相爱相眷顾了一百年的白发老伴聊天，把他（她）刻录下的时光，在辗转的流动里，让人看得齿颊留香之余，触摸到或恬淡或温婉或俏皮或锋利的文字下面，共有的一颗悲悯的心。读一本书，俯视那些世间歌哭、离乱聚首，在瞬间真实的亮光里，每个字捻来都是认真、良善的，突破了人间知觉的种种分界和藩篱，常会让人在瞬间错愕里，恍然感觉那是来自另一个空间的指认——却分明是哲人的思索。那些书籍各个不同，却又似曾相识，仿佛主人公一概是我们的邻人，或干脆是我们自己。

爱了许多年的书，都没见什么章法——还是顺其自然，心地宁静。着实有点傻，可我相信老话，到底"傻人有傻福"，我爱他他亦必被我姿色、气质以至心灵打动，爱了我。不急不躁地构筑纯真爱情和良好人生的是多么的少呀！我却执意要做其中的一个。

这几日，盘踞床头随手翻着的是：《道德经》、《疯癫与文明》、《墓畔回忆录》、《楚辞》、《史记》、《家族》、《地质学原理》、《植物名实图考长编》、《感觉自然史》，还有《徐霞客游记》。有些是早年囫囵读过的，有些是新近提起兴趣的。有时，它们在我心中激起幽深的涟漪，有时它们带来流水清风一样的悠然欢快，有时它们让我如沉溺瑜伽般地愉悦而沉静……如同钻石一样的爱人的不同的百面，有着不同的迷人。

读一本好书如同看淡彩浓抹的大戏，需低了眉，恹恹地窝在沙发中，慢慢地晕。读时需请几缕月光斜铺在身上，暖暖地温着。然后纵横了去读，放开去想，轻轻地捻着文字，如同品评一树繁花，窗外偶尔流过市声，衬托着春夜的清平和活着的丰美。

读那般文字，不可一日望尽——舍不得，像爱情也需要节制，需要慢慢体会。且起来伸个懒腰，且去忙自己的事情，回过神来，或是好睡之后再加上好读，便使我们从纯澈如水到繁复芜杂，又从徘徊焦虑到从容安和——那种历经过漫漫长路的清平宽柔，纤沙不染，分明已幻作一朵佛前的莲花。

但终究还是没有用，如同每一对的爱人都要面临另一个永久的离开——不是他，就是我，或者反着：那些书，它们宛如偶然投宿的过客，在带来短暂新鲜别致的风味后又匆匆辞别，旧的空气、旧的感觉，又重新占据它们曾经驻留过谈笑过的地方。我如何能挽留住这些可敬可爱的书中好爱？怕只怕，终究如旧时春风、红楼翠袖，枉自消散了岁月消散了人而已。

然生命若离弦之箭，带着啸响，转瞬消失在世间。而我所知道的，能够控制生命轨迹的，让它们在空间里多停留片刻的唯一法子，似乎就是写作和读书了，像把他的相片裱褙了，悬挂卧室，也便继续伴着。

唉，虽则时光不可挽留，至少可以让飞翔的痕迹再现。而每一阅读都像和心爱的他一起进行一段飞翔。读得多了，也就品出些生趣，人生也便有了些永恒的意思。

像爱不死。

二

她们都老了吧？
她们在哪里呀？
……

她们已经被风吹走，
散落在天涯。
　　　　——朴树：《那些花儿》

where have all the flowers gone?　（所有的花儿都去哪儿了？）
where the flowers gone?　（花儿们去哪儿了？）
……

where have all the graveyards gone?　（所有的墓地都去哪儿了？）

where have all they gone?　（她们去哪儿了？）

——美国民谣三重唱组合"Peter, Paul & Mary"：《Where Have All The Flowers Gone》

在其他的书里，我曾经写过一个小文，叫《总有些花朵要牺牲》，其实也是"她们在哪里呀"和"她们去哪儿了"的意思。那么多的花朵，那么少的果实。

那是说张芝的墨迹，这是说无名氏的诗歌——或者倒过来说更合适——诗歌的无名氏。

张芝的墨迹无存，名字留了下来；无名氏的名字无存，诗歌留了下来。

那些世纪里的一点一点的光，世界的光，隐隐灭灭，呼着"不甘"。

哪个更不幸呢？或者说有幸？

绝大部分人是要被遗忘的，就连波斯的辉煌，也只记住了大流士；马其顿的伟大，也只记住了亚历山大。而印度河文明，至今不曾被解读。不光诗人，历史上曾经生存过的那些人呢？一代又一代的那些人，男男和女女，他们曾经的快乐、哀愁、思想、爱恨悲恐，生离和死别……也都没有声息地过去了。然而总有什么沉下来，沉下来，到底部，淘尽黄沙，到另一些人手上。

起意写这一本时，大约是三年多以前，那时，东一首西一首地，无意收集了一些无名氏作品，有孤儿写的，有偷杯子女贼的手笔，有新婚里乡下女孩的自语，也有逃荒的人的随走随哭。作者大都为贩夫走卒、山野渔樵，或隐士——"山中不计日，寒到便知冬"的那种，真的隐士。总之，基本可以排除达官显贵吧？"达"和"显"的，只留下姓氏了。打印了带在身边，等车的间隙或排队充月票时，也摸出来，读上一阵子。每一次读，都是一次美好的旅行，或者恋爱。它们有着草木之息，面貌朴拙敦厚，叫人爱。

它们中的绝大多数，是市面上很少见的，甚至，很多最基本的解读都遇到了极大的困难——检索是零，没有注解和翻译。不巧，在创作上，我又是个爱给自己找难题的人，于是，就瞄上了"无名氏"这块硬骨头。

在收集的过程中，开始时，我无意中避开了人们耳熟能详的那些，算是真正散落的民间古诗歌吧。慢慢迷进去之后，就变成了有意寻找。到差不多有点眉目了，我告诉了父亲自己的想法。父亲对我说，无名氏其实就是有名氏，无名字其实就是有名字。那些作品，如果不是真好，怎么会（在当时）流传开来呢？连个作者都没有。要知道，大诗人的作品散佚的也很多。一定是特异的优秀，比同时代大部分有名氏的还要优秀许多，无名氏作品才避掉了数不尽的危险（譬如没有条件做纸笔记录；瘟疫；战乱等），得以口口相传，到而今，有了不朽的可能。无名氏诗人了不起啊，他们理当拥有更大的光荣。

无名氏诗人的面孔一向模糊不清，无名氏诗人的作品一向被忽略，然而，它们就在一些不为人知的角落，用沉默的方式，唱着它们的歌。

它们有幸留存，却不幸得不到大面积传播，而它们字句间的那些好，也难得被我们知晓和深入体味。它们不用典故——它们自己就是典故。这很牛对吧？跟某个女明星所说"我不嫁豪门，我就是豪门"差不多，叫人小瞧不得。

慢慢地，我跟它们建立了笃厚的感情，那些俚词野调，我爱惜得不行，以至于这个时间段内，将父亲给起的好好的斋名"石桥居"改成了"尔雅轩"——那是我在万松浦书院网任版主的一个文学版块名字，但在这里，和那个无关，只是现成的，拿来就用（用完还改回去，叫原名。父母和我，都是朴实的人，都更喜欢朴实的文字，"尔雅"这个嘛，也好，文明，可不如"石桥"简拙。"石桥"更符合我们），在写这本书的时间段内，我会将全部的爱给他们。我想借此，对这些"无名氏"女士先生们说："我们不野，我们是温文尔雅的。我们要自信。我们……'我们是不可战胜的力量！'"

曾经我写了许多有名字的人，书家，画家，诗人，词人，散曲作家，剧作家，音乐家……每每结起一本，我才会惊讶地发现，原来那些人都已经死了。

　　我还没有写他们，已经发现，原来他们都已经死了。

　　原来生命是这样一种东西：完全平等；都死去；也可以一同继续活着，凭借着一些"花儿"。

　　我很想请他们活起来。

　　就写吧。

简　墨

2013 年 5 月 20 日

写于尔雅轩

目　录

夏日取暖

　　——读书笔记之十一：情书情境 /67

辑二　无名氏诗歌部分

辑一　经典名著部分

老说柔静

——读书笔记之一：宜事宜人

如果说《论语》和蔼，是案头常备解闷儿的；《庄子》浪漫，是床头供卧游的，那么，《道德经》还是用来冥想好了。尤其适宜汗水淋漓的热天读——它冷冽。

嗳，一会儿结合水来说吧，看看说他一句就这么多的水偏旁。

说个不太合适的话：老子的书同童话差不多，它阴、柔、弱、雌、厚，是让人可得安眠的书。

柔静·水

老子像

老子他老人家，青铜的钟、鼎一样，敦实，厚朴，袖了手，清简地立在那么久的时光里，仿佛只说了两个字：柔静。

孔子也说到过安静和温柔。可是，圣人们无端地被很多后学给鼓捣成了令人身上发冷的权术，这样呀那样的，全是一派治人者的口吻了。那样的口吻有一次就够了，这使我以后避经典解读如避冬天的大风——窗帘够厚了，还要布塞住窗子缝隙，真怕那"纹纹"乱叫的风声啊，简直世界末日。不去赋予它什么求职、高升之道，并挖空心思地运用到实践中，安静地读圣人的安静说，多好。

而东方古典哲学的虚幻浪漫全藏在那一片安静温柔里，读进去，你就什么都得了——有时会劝我身边十八九岁狂爱写毛笔字的小朋友们，收敛好，要克制。岂不知，收敛、克制是要有才能做的事——要多多地有才可以，你一大仓的粮草，可是人家看不见，看见的，是你自己的，手上的这一点。跟个好的魔术师似的，你得做足背后的功课，才能腕子上出彩儿。你空有热情满腹，想法又太多，浮躁得坐不住，临个帖也是恨不得马上用到自己的作品成品里去参展得奖赚钱，那怎么得了？

因此老子的意思可引申为：不安静，不温柔，就不专心，不沉着；不专心，不沉着，当然谈不上理想和造就。书道如是，万道亦如是。都说水到渠成。水是怎么流的渠才成？要柔静地过来，顺势过去，才成，否则，呐喊着过来，强势出击，一地大水，还加上些自高自大的泡沫……恣肆横溢，渠在哪里？——那是江河泛滥，是海难。

一面水，或渠，或湖泊，或江河，或海洋，先于天地存在之前就已经存在，平静温柔，才可朗鉴万物，照见天地的精微，明察世间的义理，思想才清晰，做事才有准星——古时瓦匠建造房屋用来"定准"的水平仪就是倒满一盆水放在院子中央，定准了水平高度，然后把一条细长管子的一头没入水中，从另一头一吸，水就充满管中。再把盆中的水倒满，这么一来，管子拿到哪儿就可以定出哪儿的水平——关键是：那盆水，它柔静，方做得"找平"的准绳。

柔静·婴儿

我仔细看：在短短的 5000 来字中，老子居然明着三次提到"婴儿"：

"抟气至柔，能婴儿乎？"意思是：结聚精气，致力柔和，能像无欲的婴儿吗？

"我泊焉未兆，若婴儿未咳。"意思是：我独自恬淡安静无动于衷，混混沌沌的样子啊，好像一个还不会笑的婴儿。

"知其雄，守其雌，为天下溪，恒德不离，恒德不离复归于婴儿。"意思是：深知什么是强大的雄，什么是柔弱的雌，而甘做天下溪涧，那么，永恒的"德"就永不离失，而回复到婴儿自然的状态。

这里面各有一个关键词，分别是：柔和、安静和柔弱。

要柔和、安静、守住柔弱是很难做到的事情，而力量莫不中来。还是以书法做例子吧：我看到一些孩子上书法班，就是打着"20 天学会一手漂亮字、名牌大学向你招手""可心工作不用愁"速成的那种，他们被教的，都是横平竖直、线条如刀样笔直僵硬。而我自小听到的方家教导，是：书法中没有一个笔画是真正直的，撇捺不必说，横、竖也不例外。去看入门的人人说他字肥、肉的颜鲁公，别看碑帖——那也有些走样，看直接写在绢帛上的，哪一笔不势如曲弓，藏了力道？

曲，就是柔和弱，就是安静。

甘于柔，甘于弱小，甘于婴儿样貌和性情，就是弓蓄着势，静水深深地流。几乎又说到水了——嗳，读老子，怎么能离得开水？老子就是水。他细细地发源，从一滴水开始，集聚得慢慢腾腾，用去好多时日，然后，下自成渊，无声静流，且是越来越低，越来越低，不求上扬，也不求畅达，然而，到最低处——你猜出来啦？——没错，到最低处，是大海。

老子就是月下秋深的大海。

而他在书中设计了"柔弱胜强"和"静为躁君"的八字方针，隐在一片字码里，等着寻见。

说个蛮可怕的话：安下心、柔下肠去读书、学书，去思想，即便权术，也可以得。当然，绝对不能转那个脑筋，一转就完，就没意思了。

婴儿·权术

前面提到老子的"婴儿"说，也说到了权术。这里试着结合它们看一下这两个词，算一点辨析。

其实，老子暗着还提了两次"婴儿"：一是"圣人之在天下欲欲焉，为天下浑心，百姓皆瞩耳目焉，圣人皆孩之。"即：有道的人处在统治地位上，要收敛自己的意欲，使人心归于混沌、淳朴。百姓都专注于自己的耳目（追求自己的欲望），有道的人使他们都回到婴儿般的真纯状态。

还有："含德之厚者，比于赤子。"即："含德深厚的人，比得上婴儿。"

由这两句话不难看出，老子对于成为"婴儿"或复归于婴儿状态是十分羡慕和赞许的，而且，他把人民复归婴儿状态看成是最好的状态，而同时又把德行深厚的人比喻成婴儿，可见，他是尊重婴儿似的人群和人的。他所称道的统治者，也是收敛自己意欲的人，"我好静而民自正……我无欲而民自朴"，和光同尘，也便使得自然的德行可固守根本，天下也得以安定、教化。

觉得领悟圣人之道不可矫枉过正，或带着一颗激愤和跟他对着干的心去读。老子之说并没有不求上进的意思，我所理解他所言的"清净无为"，主要是"清净"，而"无为"的重点意义也不过是"大邦下流也，天下之牝，天下之交也。牝恒以静胜牡，为其静也，故宜为天下。"（大国要像居于江河的下游一样，处于雌柔的位置，这是天下交汇的地方。雌柔常以虚静战胜雄强，就是因为它安静处于下面的缘故）

喏，你看，还是有矜持在的，有《易经》开篇"潜龙勿用（龙要飞腾就不能见风就起，必须有所待，少安毋躁）"的大意思在，透出类似全知者的自信和雄壮——尽管还是讲的要安于柔静。

说到底，老子所谓"无为"，只是一种安静平正的心境。"甘居下流"也只是一种迂回，这和有没有远大的理想毫无关系。况且你看，他的理想是到了"治国"一步的。而因为阐述和平，词语间互有尊重，所以感觉起来到底与权术关系不大。你知道"治大国如烹小鲜"，他说得机巧。这是老子格外可爱之处。他认为天地万物都是由物质生成，所有有生命和无生命的物质应当相互尊重、共生，且都在产生信息，还根据它的特有属性给予反馈——以自然的力量给予奖励和惩罚——如今纷繁浮躁的大工业时代带来的种种忧患就是一个例证。更重要的是：老子将理想放置于权术之上，将未知委之于"道"而不是委之于"神"，在那个时代，已经是很了不起的境界了——那是连生殖都要找个实物模型来拜一拜的时代啊。就是在两千五六百年后的今天也并不过时。真理哪有个过时？

倒是翻翻《管子》，常常被有些词语吓到：什么"牧民"、"顺民"、"使民"、"厉民"、"用民"、"分民"、"教民"……权术色彩比比皆是。小境界、小思想，巧言令色，透着狠劲儿、自以为是和高高在上、刻意彰显的得意，嘴脸难看。所以，就连解读家们也不愿意去碰《管子》呢——他功利浓重，小家子气。

目下，权术书的种类已经够烦够多了，想要什么买不到？况且还有一干文学书籍，譬如域外华人 30 年如一日面上光滑无一丝褶皱男作家《我不是教你诈》地教你巧妙用诈（我翻翻，见哪一则不是教诈？不教诈，版税何以涨到爆棚？），够笨人学好几年的。也便请众乡亲不必费劲肢解了老子，去解读出别样花样来也罢——敬请刀下留人。

其实，不管是为君，为百姓，乃至读书人，皆奔了一个婴儿心地而去，也是省心不少的。要做的，各司其职、兢兢业业是必要的，但，为官为宦，少贪婪，不掠取；为百姓，守本分，该干什么干什么；为读书人，读写大义，不天天琢磨以此去夺高官厚禄……恪守日月光明大道，那么，哪里不波澜不兴天下太平？哪里又不会渐渐累积——无论礼乐、家私、功名？而那些外物的喧嚣生硬之锐物，较之人生的安静温柔之浓福，又算得什么？

在一个随便哪个战争狂人轻轻按一下电钮世界即可成为齑粉的狂热发展、逞强的时代，重提温柔、安静这样的字眼，这样的祥和之器，稍加冷却，以求人群远离诡道，赤诚相爱，还是有它的意义在的。

我这样全躺着、柔静地读读老子，读得舒服，心下清凉，连日受苦的体位性血压低也便不大觉得，有了些极好的浅睡。

弃风飞翔

——读书笔记之二：无死无生

独自是个多好的事！好像一个或两个小时的世界或者宇宙的王。

如果你是个犁田的，独自挥锄，微眯了眼，看野旷天低树，比照自己，便变身蚯蚓、蠓虫、田鼠、蝮蛇……会觉得渺小，艰难，孤单，迷惘，忧伤，无望，也会感受豪迈，壮观，安宁，提升，超越，持守，以至盼望。

如果你是个写字的，独自书写，听蚕食沙沙，会刹那间模糊了时空，跟自己的人物游走纸上，回身却又接受了身边平庸的生活，就像格雷厄姆、鲍姆、内斯比特、圣·德克旭贝里……

如果你是个恋爱的，独自想念，默读、重读：美好的膝盖，不安的心，初次相约的微甜，热烈相恋的微苦，爱多、爱少的猜测和期许，等信的焦灼，唱过的好听的歌，圆月亮……

如果你是个怕死的，独自摩挲《庄子》，会觉得：他居高而视，唱叹不止，吟咏不绝，而极尽悲婉，一定是因为感到凡俗的生命实在值得怜悯——生命无定，随时可以来到，或离开：独自，孤单，无助，无人代替，爱人、亲人只有掩面哭泣，不能给你别的……他们叫你"要勇敢"，可还是眼睁睁看你一个人去面对未知的黑暗……

庄子像

就这样，死生，"其有夜旦之常"，除了看着他人堕入黑暗一救也救不得，谁自己本身又没有发病的时候、虚弱的时候、困倦的时候、难过的时候？一切都让人慌张，一切都让人恶心，一切都让人难于接受，一切都让人想逃，况且还有那么多惊魂的事惊魂的人：荆轲刺秦，喋血玄武门，狸猫换太子；赵氏孤儿，奥塞罗，伊丽莎白女王，路易十六……横刀相向，拦住去路。而走着走着，大家都成了一群没有脚印的人。不过，那也只是怜悯而已。只有像庄子那样，内心存了真正的孤傲与高贵才是可以超越这庸碌生命的唯一之路。就这样，除了他——几乎包括其他圣人，人群中的每一个都是寂寞的恐龙，绝大部分貌似强大实则脆弱的"恐龙"都是怀着对生的贪恋与对死的惶恐投入其中——不管是哀愁还是欣悦，不管愿不愿意，有什么办法呢？只能如此！没有人有那福分，可以重回母亲温柔煦暖、省力省心的子宫。所以，逆来顺受，默默承受，就是对呱呱坠地之前与结束生命之后的两段黑暗之间短暂的一闪即逝的光亮的感恩，尽管它大部分时间里充满着抱怨和诅咒。当你觉得生命无序无常的时候、表情枯萎又麻木的时候，就成了它的奴隶……偷生啊，苟活啊，泪里含笑啊，拔苦为乐啊，你便也把自己交给那冥冥之中的主宰了。

光阴的流转恐怕就是那个样子的，那个谁也不愿意的样子，那个从汉《乐府》（《董娇娆》中吟唱："秋时自零落，春月复芬芳。何时盛年去，欢爱永相忘"）和《古诗十九首》（《古诗十九首》咏哦："人生寄一世，奄忽若飙尘"、"人生忽如寄，寿无金石固"）以后，就被一再喟叹不已的关乎生命和光阴的怅然样子。

如果没有什么起色和奇迹出现的话，人们都会在驾驶三轮、种植莲藕、收割小麦、贩卖蔬菜或是类似的工作——譬如做官、教书、写作、送信……的漂泊着呼吸的过程中，在与时间赛跑的过程中慢慢缺失氧气、慢慢疲惫不堪、慢慢从风光无限跑到荒凉一片，怎么追都追不上那永不停息的不败的日子。在每一个的体内，也都有另一个中性的人存活，他（她）在绝大多数时间都左右着我们的内心，不分白昼，无论梦醒。他（她）跟我们一同工作、休息、歌唱、做爱，还一同坐上飞机，去远游，尝小吃，饮红酒……终有一日，我们这些心的夹层行李里裹带了中性人的人，因为慢慢多了负重，而少了气力，从此再也跑不动了……我们缓缓地停下身来，将腰弯下，肩背放倒，毫无表情地望向远方的地平线。然后闭上眼，重重地躺在了大地的怀抱里……关于曾经存在过的自己的生命，彻底遗忘，连你——亲爱的，哪怕是刚刚与我浓情相拥过的爱人——的喁语也全部忘记。

最后是，所有人。

这好歹让人有了点安慰，乃至安全感。

——反正是：所有人。

这样想未免太过自欺。但，还能有什么更好的招子?!

即便一直存在，永不死去，谁又能走遍大地？那又火热、葳蕤、又冷硬、荒寒的大地？

死亡是无可逃避的，尤其是在艺术中。譬如：我们很容易迷恋上电影里头那些华丽而颓靡的死亡，比如火飞鸿之死（《燕尾蝶》），比如本之死（《离开拉斯维加斯》），比如夕阳武士之死（《东邪西毒》）。别哭我最爱的人，今夜我如花绽放，在最美丽的一霎凋落，你的泪也挽不回的枯萎……这些场景让我们觉得死亡远比苟活美丽，于是我们开始大声朗诵忧郁的诗篇。可那样的诗篇不是我们自身所写就的，完成它们的是顾城，是海子，是戈麦，所以他们像樱花一般凋零了，而我们照旧浑浑噩噩地活着。我们的死亡很有可能如同《童年往事》中的母亲与祖母那样，痛不欲生，苦不堪言，坐以待毙，没有烟花，没有流星，没有坠落的云朵……我们在死去的时候甚至没有了回首人生的力量。

我们其实根本就没有回头的胆量。

因为，如果我们回头，我们明白只会看到白茫茫的一片，那空洞与迷惘令人心如枯槁面如死灰。而卑鄙如世人，只配装腔作势，在当今诞生不了塔科夫斯基那样的大师，也诞生不了安德烈·鲁勃廖夫那样的圣徒。何处才是心灵归宿？要是真能像《搏击俱乐部》中的诺顿那样把自己的藏身之处给炸掉就好了，正所谓置之死地而后生。我们就是没有身陷过死地，所以我们不懂得何谓挣扎。我们不挣扎，我们就学不会生存的技能与生活的艺术，我们只好继续以梦为马，漂浮在这人人隔绝着如同座座孤岛的尘世……

于是，我们学着朱希真，说："人已老，事皆非。花前不饮泪沾衣。如今但欲关门睡，一任梅花作雪飞。"看着旷达，其实呢，还不是到底无奈？

我们只记得孔子在《论语·阳货》里说过的："子生三年，然后免于父母之怀（小孩出生三年，一直是在父母怀抱中过来的，因此父母对子女有最真挚的爱）"，所以灵魂穿上囚衣，跟着他（她）死去，从此，失去了真正的愉快，不明白什么叫做救赎。

唉，跟着儒家入世还是好的，但出世的哲学只有求助于跟它老打架的道家了——谢天谢地，道门杰出人物庄子用自家的事和自己的身体力行，给我们演绎了一段多么有用的公案：《庄子·至乐》篇载："庄子妻死，惠子吊之，庄子则方箕踞鼓盆而歌。惠子曰：'与人居，长子老身，死不哭亦足矣，又鼓盆而歌，不亦甚乎！'庄子曰：'不然。是其始死也，我独何能无慨然！察其始而本无生，非徒无生也而本无形，非徒无形也而本无气。杂乎芒芴之间，变而有气，气变而有形，形变而有生，今又变而之死，是相与为春秋冬夏四时行也。人且偃然寝于巨室，而我嗷嗷然随而哭之，自以为不通乎命，故止也。'"

喏，在这里，庄子娓娓叙述了他对生死的认知——生命如同四时运行，而本无生，也本无灭，生死有什么好悲痛的呢？死亡不是个断灭。他主张全真保性，强调死生、存亡、穷达、贫富、贤与不肖……都是自然法则，天地与我是共生的，万物与我是共灭的。这和孔子的那句"未知生，焉知死？"一脉相承。

记起弗洛伊德也说过的："人生来就有生的本能和死的本能。"既然提到本能，就是无可抗拒而应顺应自然的事物。比庄子的提法直接，但远不如庄子诗意。

庄子还说："物无非彼，物无非是。自彼则不见，自知则知之。故曰：彼出于是，是亦因彼。彼是，方生之说也，虽然，方生方死，方死方生，方可方不可……"哦，远在几千年前的他已经认识到彼和此、生与死互相依赖，彼此转化。

而彼此转化的媒介是什么呢？这媒介就是"气"。在古代，气是个很基本但又非常重要的概念，它的涵义也很丰富，除了表示通俗的空气或呼吸外，还被用来指向生命力或是使自然万物得以生存繁衍的基本材料和内在的原动力。他的意思是：气为形体和生命的基础，人不过是气的循环的一种形态或者是一个环节，因此，人，不必恋生恶死。而只有顺应生命走向和际遇，才可以获得纯粹的、个人的、精神的自由。

为了得到进一步的安慰和安全感，我们可以这样引申他老人家的教益：自身死亡不值得惧怕，钟爱的人去了也不必哀伤，因为灵魂继续前行，而肉体则停留在原地。灵魂才是真实的我们，而真实的我们并未死亡。我们所要做的，只是珍惜每一个现在，用心享有眼前的幸福。我们不应再对自己的爱有所保留，吝于对他人付出，因为我们深刻明了，你我彼此的存在，都是极其珍贵而短暂的。我们更不会无益地浪费时间，嫌弃抱怨，或者浑噩度日，陈陈相因；相反的，我们清楚地抉择自己要做的事，关心地享受所爱的活动，以安详的心接受生命的一切经历……

这可不可以理解为世人都畏惧逆风步行、而求助顺风行舟之外的弃风飞翔？

这是最快、最轻松的行路形式——行路形式的最高级。

这也暗合了他说的另外一句话："乘物以游心"。他一直生活贫穷，但他不在乎利；他思精才富，但他不在乎名。他只在乎飞翔这件事。

然而凡人大多无智，很多时候连什么是"譬喻"什么又是圣人实际的验证都分不清楚，就不要说因之而得以开悟了。拿这则典故来说，世人大多以世俗的伦理或庸俗眼光看待此事，或称之为矫情，或指责之为无情，却不知庄子的智慧完全是由于他对生死的深刻认知——也许他并未全然了解了生命真相，但显然，圣人都是走在众人前面的人，因而看史上圣人常常蒙冤含诟也就不足为奇了。敬爱的他们该着如此——以至竟还有庄妻在他坟前扇扇子盼望新土快旧好及时改嫁的杜撰糗事来糟蹋圣人，简直可恶。

可以为他证着的，还有他对于自己死亡的看法，好像比对之其妻更为放达：庄子将死，弟子欲厚葬之。庄子曰："吾以天地为棺椁，以日月为连璧，星辰为珠玑，万物为赍送。吾葬具岂不备邪？何以加此？"弟子曰："吾恐乌鸢之食夫子也。"庄子曰："在上为乌鸢食，在下为蝼蚁食，夺彼与此，何其偏也！"

意思就是：庄子快要死了，弟子们打算用很多的东西作为陪葬。庄子说："我把天地当作棺椁，把日月当作连璧，把星辰当作珠玑，万物都可以成为我的陪葬。我陪葬的东西难道还不完备吗？哪里用得着再加上这些东西？"弟子说："我们担忧乌鸦和老鹰啄食先生的遗体。"庄子说："弃尸地面将会被乌鸦和老鹰吃掉，深埋地下将会被蚂蚁吃掉，夺过乌鸦老鹰的吃食再交给蚂蚁，怎么如此偏心！"

形体归于天地，生死归于自然。这就是庄子对生死的认知。

如此看来，这本遍披着草根和林野之气的、薄薄的《庄子》呀，就是来救赎我们的那只盆子啊——不说先秦诸子中，他对中国人的审美悟性和文学趣味启发最大，说并世难得第二人也不过分，单赞他早因觑见了生死端倪，而迎风站立，面对跑不动的人，鼓盆而歌。他教我们鼓盆而歌。我们须得紧抱了这盆子，踯躅慢行，哪舍得迅疾慌张，一跤跌碎？

如此，有一面盆可以鼓，有一面风可以吹，便觉得，还有微薄的遮蔽、不多的气力同生命的魔爪负隅抵抗，灵魂有了些着落，忧伤也可以长不到大。

读着《庄子》，想到那个同样悟透生死的外国人：电影上那个伊朗男人巴迪——他在樱桃树下挖了一个坑，然后去寻找一个能将自杀后的自己埋进去的人。没人愿意帮他，因为宗教啊、人道啊、制度啊、法律啊，随便什么都是不允许有这样的、"助人为乐"之事发生的。或者说，大家都怕死，即便那死亡属于另一个躯体。辗转而回的巴迪最后躺在樱桃树下，望天而笑。这很无趣，我们到底体验到了什么，是生之璀璨与意蕴吗？又或者果真生亦何欢死亦何苦？总之那个坑是白刨了，阿巴斯不知道刨坑的苦力有多辛苦，在伊朗那个地方，这种人一年到头苦巴苦做恐怕也挣不到三五两银子，说不定他一绝望就把自己给埋进去了，然后他那脸色黑红的老婆坐在墓前哭天抢地，痛不欲生……跟有关庄子的那个话本情节一般无二。

庄子眼里的人生更像电影，电影不就是一场梦吗？再长短悲喜简直曲折辉煌灰败……都不过一场混沌的梦游，庄周梦蝶抑或蝶梦庄周。人生又怎么不是——个个是蜾蠃螟蛉蝼蛄蜉蝣……是"虫子"，哪个能螳臂挡车？

就像这个流火的季节，整个国家一致尊敬的、镇宅之宝一样的老人们相继或同时离去，然而太阳照样深沉渊默，金光四射，夏蝉照样在枝头按兵不动，歌唱不息。

听话吧，听那不老先哲鼓盆而歌的劝慰：

既然死亡如此容易，如同出生的容易，"人于不死不生"，那么，有什么理由，不好好微笑？抓紧时间微笑？到哪里去了也记得微笑？

既然闪转腾挪躲也躲不过，那黑夜，那么，黑夜再黑，就当看不见，就让生命——就让它，展开亮如白天的翅膀，"游乎尘埃之外"，弃风飞翔，通往苍穹，也指向大地。

艺术来处

——读书笔记之三：论说论语

　　《论语》是我自己案头常驻、自娱自乐的一部书。

　　它自然有严肃的读法，我也端正地读过，写比较重大题材的东西时有时想到它的严肃意义。另说着。这里只说它不严肃的读法，还局限于探询艺术的来处这样一种的读法。

　　日常里，我从来不把它当成严肃书——它哪里严肃来着？它浅白如话，述而不论，处处自得，时时自得，好玩透了。即便哲学，也是最自得的来得扎实和有趣，你不得不相信。

孔子像

拉杂说"气"

　　《论语》，它看起来并没有西方哲学那种系统性（我当然喜欢西方哲学的系统性。另说着），但它有自己完整的美学精神和绝不低俗的审美取向，并且，绝不粗暴，不强调迅捷、明了和一刹那的视觉震憾力，倒时常有一种温煦的人文关怀的意蕴在里面，精致、素朴、美轮美奂、意味深长、气定神闲、浑厚、充满禅意、儒雅、飘逸、灵动的，这就是东方艺术总的气质。它的每一个词汇乃至每一个句子都是圆融的，多面的，涵盖了许许多多未曾说出口的内容。有时是无须说出口，有时是说出口就没意思了，有时是不屑。

说白了，《论语》是一本需要悟的书。

而"悟"这个字简直就专属东方。承认不承认的，任何事物它都有自己的灵魂，这灵魂秉持自己的气候，发散出一种气息，即东方哲学上讲的气。

这种东西到底是什么呢？我觉得是一团混沌，只能朦胧感觉而不能言说的东西，有点像最初的爱，但那又远远不能作比。在艺术里，可不可以理解为流转的精神，以及与其相关的气韵、气质、个性、志趣、情操、风貌、骨格……她来自全息，是最本质的艺术的来处。孟子说过："吾善养吾浩然之气"，中国人也好讲究个"精气神""文气"、"生气"什么的，其中的"气"就是这个"混沌"，这个"不能言说"。

关于"混沌"一词，翻开词典，见释意曰："指宇宙形成以前模糊一团的景象。"中国人喜欢含蓄，认为"含蓄"即美。"混沌"本身就体现着一种不确定耐人寻味的因素，这和中国的古典哲学与宗教相关联。譬如，中国古典绘画所体现的"空"、"灵"、"气韵"以及"墨分五色"用有限的笔墨表现无限的意境等美学思想，都是为了在寻找一种不确定的混沌美。

同样，中医也好，中国的京剧也好，中国的诗歌、书画、歌舞也好，乃至求卜相马（对这些门类我也有保留看法，但它们孜孜以求、自成一家的智慧还是值得尊重的），都是来自心灵的全息，看气息。这是和西方的理性和推理不同的地方。一个民族如果全部丢掉自己的来处，那么弑母后的天谴是谁都不愿意看到的。这绝对不是危言耸听。

气是需要养的，需要集义养气，义就是善。

而《论语》正是这样一部集义成气、弥漫了迷人之"气"的伟大著作。

不能不说，我们这个民族是个特别伟大的民族，灵性十足——忘了是不是辜鸿铭说的，是个"深沉、博大、朴实、灵敏"的民族——哎，非常奇怪的是，只要一提到自己的民族或这片生养自己的土地的好，略略叙她的优秀，就会有人跳出来大骂那赞着她好、她优秀的人，仿佛只有自轻自贱才称他们的心。不，不要那样，那样就彻底无药可救了。

至此，记起禅宗里一个有意思的公案，说前面是壁立千仞，后面是万丈深渊，你怎么办？好多人会答：我站着不动。

而这种思维恰恰是极为冷静、严密推理的。而艺术，尤其是东方艺术，恰恰不是特别需要这种思维。《论语》因其弥漫首尾的质朴、随意之气，恰恰长成为最好的诠释和引导我们艺术思维的著作。孔子说"随感而应"，正是这样中肯的劝诫。去仔细看看，夫子著述（不单《论语》）里整个谈的是这样一种"随感而应"的思维方式。

艺术不是军事，不是革命，遇到了问题，想着怎么解决，怎么办。她混沌一体，兼善天下。这个"兼善天下"，我想在目前，就应该更加和社会挂钩，掌平衡的功能：社会是紧张的，她就该是松弛的；社会是浮躁的，它就该是沉静的；社会是物质的，它就该是精神的；社会是强硬的，它就该是和平的；社会是工业化、庸俗化的，它就该是植物化、出尘化的……如同一对好的恋人，你雄壮，我温柔；你英俊，我美丽；你疲惫，我捶背；你难过，我安慰；你陷落，我赤膊；你积弱，我坚强……相互映衬、补充和抚摩、照拂，才和谐——和谐是个多好的词，从两千年前拿过来用在当下也算明智之举。这又岂不是传统的妙用？传统可不是简单的复古，这道理傻子也知道。中国的东西是一体化的——京剧是，书画是，中医更是——可还如你所知，自从分科以后，中医就开始走下坡路了，一直走到今天，还没有停下来的意思。

对于传统文化，包括《论语》，我理解总的来说就是一个归一的理论。这是我们最本质、最需要守着的东西。事实上，他们一不看着我们，我们就掉进火坑。而一旦撒手，我们的艺术的气就散了，就不和谐了，更谈不上去博什么大什么，精什么深什么了。甚至变质，最后遗憾地扔掉。那该多么的可惜！

新经济时代给我们提出了新的课题，这个时代考什么？考我们的思想、我们的智慧、考我们的观念，考我们的定力。这是我们这一代人要做的。

洞彻就好　不必获得

《论语》给我的另外一个感觉就是：它和蔼，并说老实话。但这不妨碍它阳刚正大，光芒四射。一点都不。

这不是件容易的事——现今国人对家人、好友笑眯眯挺自然地说的话，与他们在单位、社会场合端着架子绷着脸装模作样说的话，尤其是平时在会议上字斟句酌只会"嗯啊这是"跟相声里捧哏的一样所说的话，还不是完全两套（或多套）语汇？这已经引不起我们的大惊小怪。哦，同《聊斋》中"花面迎逢，世情如鬼"的描述也差不许多了。

如你所知，孔子的思想核心"仁"即"爱人"。他把"仁"作为行仁的规范和目的，使"仁"和"礼"相互为用。主张统治者对人民"道之以德，齐之以礼"，从而再现"礼乐征伐自天子出"的西周盛世，进而实现他一心向往的"大同"理想。

因此，它的和蔼和老实无处不在。

弟子三千，孔子静坐。弟子随意乱讲，他都有耐心作答，而其间并无半点限制和隔阂，即便是顶撞或反对也绝无报复。那种氛围就是上面我们说到的气，气场，让人愉快，身心舒朗。我们多么神往。如：孔子对子路——哦，这也是我非常喜欢的一位孔子弟子，他率真慷慨，能和朋友一起分享他的车、马以至衣服，且耿直得可爱——孔子对子路的很多言行就跟个娇宠坏了孩子的母亲一样，毫无办法，被忠实记录，也凸显了孔子和蔼得可爱：

一次，子路问，如果卫君要他执政，他将先做些什么。孔子说："必也，正名乎！"子路居然敢嘲笑他："有是哉，子之迂也！奚其正？"孔子教训说："野哉由也！君子于其不知，盖阙如也。"而后说了一通为政先正名的大道理，不过十分稀松绵软——呵呵，较之子路梗着的脖子。

还有一次，孔子去见卫灵公的夫人南子，对那女子是有好感的，不觉时有流露。子路则对自家夫子那样子看不顺眼，不高兴——难怪，那孩子一向被孔子爱着，又不会掩饰，什么都摆在脸上。急得圣人老人家只好赌咒发誓的："予所否者，天厌之！天厌之！"语气上很有些无可奈何。

关于和蔼和说老实话最著名的那一段，我们上中学时就已经入了课本，至今背得哗哗地：《先进》章中，圣人与众贤子路、曾皙、冉有、公西华在一起，令他们各言其志，子路冒冒失失，抢先作答，说了一通铿铿锵锵的大话；冉有、公西华以虚怀若谷的语言表述了自己的志向；而后是曾皙，最天真无凿的曾皙，他说：

鼓瑟希，铿尔，舍瑟而作，对曰："异乎二三子之撰。"子曰："何伤乎？亦各言其志也。"曰："暮春者，春服既成，冠者五六人，童子六七人，浴乎沂，风乎舞雩，咏而归。"子喟然叹曰："吾与点也！"

唔，你看，孔子是就是，不是就不是，即便被学生问得张口结舌，被路遇的农夫骂成"五谷不分、四体不勤"也不愠怒，还上赶着尊称人家为"隐士"，从来不装大头蒜，跟他教导的"知道就知道，不知道就是不知道"一样，坦白无欺，纯稚可爱。

而且，孔子并不是个死板教条的人，对于人性，孔子也有深刻的洞察。你知道《诗经》里有一篇《小雅·唐棣》，在评论"唐棣之花，偏其反而，岂不尔思？室是远而"时，孔子说："未之思也，夫何远之有？"即：这还是你不想念对方啊，如果真的想念，有什么遥远的？这正是不读孔子的人皆以为刻板的孔子对爱情最精辟也最准确的理解呢。

其实，那种温煦同和蔼、老实一样，是诗歌乃至一切艺术的最好处——甚至温煦更好呢。疯狂，弄巧，以至于装自然纯稚（而今"装自然纯稚"这一项正髦得合时），都是做艺术的大忌讳。自然，那种温煦也是我们学着做人的一个标尺。所谓"君子温润如玉"也正指的这个。

没有，我没有觉得像通俗的、红得不行的解读一样，解读到孔子教人"怎么样才能过上大家想过的那种快乐生活"。正宗儒学多么理想主义！多么公道人心！通俗解读又是多么实用主义！人情世故！它们简直是一对反义词呢。孔子又哪有这么复杂——他是最雄健简朴的哲学家，来自人类最迷惑也最渴求、最浪漫也最纯真的时代，一生讲究"内圣而外王"，眼里一丝不夹淫巧小慧，想着念着的全是"人间苍穹，无涯理道，生命万象"，即那些救世的良方，混沌的大道，和度漫漫人生到苍茫彼岸的明灯——明灯照处，是洞彻的喜悦，而不是获得的笑开——甚至将一些圆滑世故、无原则隐忍、消极对待贫困甚至阿Q精神都强加给《论语》，而这些思想正是孔子所批判的，这后果是使得不懂《论语》的人就此错误地理解了孔子思想。记得那时，国君动辄赏赐臣下黄金百斤、千镒的，听起来蛮吓人，其实，据考证，到那些人手里的，大部分是黄铜。一个连黄金和黄铜都分不大清的时代，它除了打打杀杀，是没有余力——多余的脑力——去琢磨快乐生活的秘诀的。它只能粗粗想想大道还想得脑仁儿疼呢，还顾不上其他。

而过上快乐生活就是这个"笑开"。我不反对笑开，笑开是件好事，非常好的事，只是同《论语》无关。笑开是非常复杂、非常热闹、非常琐屑也非常麻烦的，其教益职责是社会学家和生活指南家们的，今天飞来飞去，忙成陀螺，做着声声入耳报告、听如雷贯耳掌声、回家数叮当悦耳银子的那些喧哗的、胭脂的学者文人，大众情人一样。

所以说，虽说媒体很多在讲"大众情人"的好，说至少是让百姓都去读经典了。文人因此赚钱，还上了富豪排行榜，也正让文人们扬眉吐气。可是，将《论语》中的"唯女子与小人难养也"其"小人"就是指"小孩子"，这真是滑天下之大稽。这不是《论语》，甚至是反《论语》，没有一定儒学知识的人，很难进行分辨。这样随意的"解读"比比皆是。然而，如果都去那样读，不但错误百出，更可怕的是，把渺渺星子读成随口可啃的、甜蜜的苹果，或一个随叫随到、殷勤的侍应生，为生活服务、笑得不再思考如同傻子——在一个传统文化断层犹如鸿沟一样的今天，对于传统经典的诠释应该比别的时代更严肃、更不走板才好，否则就是在思想谋杀，而对思想的谋杀，是比对肉体的谋杀更可怕的。

国学？什么是国学？我们怎样理解国学？"国学热"又是热的什么？如果形成外旺中空虚的火，过了那劲儿，风吹吹也就灭了，灭得死心塌地，我倒觉得还还不如先高高地置在脑袋上顶着，随着阅历、学识哪怕年龄等的增长，人生的深度都会多少有所提高的，到那时取下再读，感觉也比现在要超拔一点的。况且，总有一部分人，他（她）不管不顾，正襟危坐，端正持有，以心度心地读着她们，并薪火相传。历史这么盲目，他老人家不会把那样强大的甜蜜和殷勤的解读，带到后世、以至于混淆了歪正吧？

到底尘归尘，土归土，自然来得去得的好，有时操心过了，山河走样，过犹不及，招魂不得，反成为谶语。

而《论语》简单至极。真的，至极。而其最终目的，是要自己的学生不但求得内心的安宁和快乐，更要有所担当，为民解忧。《论语》月亮一样，坐了变幻的云彩，这破旧、沉实、略嫌执拗的木车，慢慢地逡巡，带着几分让人心疼的孤寒。

显然，安静的孔子，不要求最得意的学生颜回站起来领掌的他，还够不上大学者们的那个格（恐怕他老人家做梦也梦不到我们现在拿他做什么用）。

同样，艺术的来处也是如此：它不是获得，是洞彻。

换个说法，就是：洞彻就好，不必获得。

静水深流

接上回，自然该说到静的价值。

"水静犹明，而况精神"，要照彻，哪个也须静来辅佐，水或人。

孔子是静的，他的哲学思想也是静的，语言更不用说。

在《论语》里，他说："……譬如北辰，居其所，而众星拱之。"意思是：北极星是恒久不变的，稳定的，而围绕它不停运转的那些星星都是小的，更加活跃的。一般说来，大动物也是静的，小兔子才跳脱爱动。静是十分有意思乃至有用的东西，我们应当眼睛不眨地守住的东西。

孔子还盛赞颜回："一箪食，一瓢饮，在陋巷，人不堪其忧，回也不改其乐……"，他赞的也是颜回难得的静。

当下有一种说法，是断的近代国画大家石涛的句子，十分的流行，似乎还将有盛行不衰、准备传世的意思在了。这说法就是"笔墨当随时代转"。这说法本来也不坏，求创新的意思，任何一门艺术没有不断的、随时的创新就必定灭亡，这当然无可厚非。但被歪嘴和尚给念走了形：求奇、求怪、求丑、求快、求民间（譬如一味迷信敦煌抄经，岂不知当时有些抄经生是启蒙描红的水平，不过是挣口饭吃，你迷信不是自绝？对于古代艺术也是有鉴别吸收来得好）一阵风来、一阵风去的艺术主张，有的都近乎了邪恶。在一些大型书展上，还有人将这句被歪曲得挺胸叠肚、奇奇怪怪的话写出来，漂漂亮亮、高高大大地裱糊了，堂皇地展出。我想它实在是污了人眼，尤其是孩子们的眼。如此大兴其道，到最后，还会殃及到他们的心，是极端有害的。而孔子还讲："君子不役于外物。"你笔墨随时代转了，跟个向日葵一样，哪里光亮哪里仰望，你还有什么心思低下头去，扎实地思索？而艺术，无论哪一种，有什么能离得开思索？仰望倒差点事。如果非选一样，完全可以俯视内心，而省略了仰望太阳。

古人说艺术时，有说法叫"立足怕随时俗转（有时我父亲还会加句"留心学到古人难"，给它凑个对儿，写成条幅）"。这和上面说的"笔墨当随时代转"基本是一对仇雠。知道吧，由此形成的艺术阵营也自然不共戴天。因此，所谓的"当代派"和"传统派"就出来了，并相互对着，骂个不亦乐乎。哎，夫子的话又不禁随口溜出。因此说，传统的东西深植我们的内心，不知不觉中已经渗透到了我们骨头缝里，你想摆脱只能剔骨刮去。你敢说你能吗？我是不能了。我也怕痛。

现代徐悲鸿说过，勿慕时尚，一意孤行。这话说得够执拗，也够明确。他是中国西画和国画结合得最好的大师之一，可是你瞧，他的主意多么坚定。因此，他才成为大师，而别人不能够。

孔子是帮助人们磨镜的，并不是镜本身。将孔子言说当成文物去研究和贬斥，才真正迂腐。孔子之学所遭到的破坏至大，以至于想找一个好老师修习都非常难。而锐意"创新"者又太多，这种人没有一点益处。现在所谓的"笔墨……转"云云者，恰恰是要把它学术化，变成一种僵化的理论体系。这可能是我们、包括那些一心一意废除传统的人所共同不愿意看到的。

世界是千变万化的，动态前行，而总有一些东西万变不离其宗，是常态的，相对守常。而只有这样，有动，也有静，静出于天，动来自地，阴阳相交，万物丛生，清气上升，浊气下降，这个世界才能保持平衡和和谐，呈现一种秩序美。"知常守静"，这样四字普通的、孔子的哲学老师老子的谆谆教诲，目前大概总不如"知足常乐"更深入人心。因此说，没有人静下来，沉下去，精深地思索，是我们这个时代的大忌。我们中了忌，就像中了蛊，艺术却是那么脆弱的心肠，像一个养在深闺、弱不禁风的娇小姐，经不起太多喧哗时间的炙烤。况且，还有物质主义保了喧哗的大驾，跳出来，不断光临明晃夺目的舞台，作着倾情演出……瓦解了灵性，拘泥于名、式，以偷窥为事，以稀奇为能，视而不察，思而不明，浅尝辄止，信口开河，栽赃诬陷……这是我们最不愿意看到的事。

现在的某些作品或艺术很"闹"，大有"语不惊人死不休"和"搜尽奇峰打草稿（这两个著名的句子也被世人扭曲得失去了诗人和画家的本意）"的味道，不懂得静观的妙处，"藏"住一些锋芒。其实一个好的作品或艺术，根本就不需要格外地用多么强烈的表达方式去表现，冷静低调则更显睿智和力量。你的东西用力太过，做过头了，怪伟了，不静了，只能像二流或三流摇滚——你知道，很多所谓的摇滚只是形式看起来像摇滚，究其精神力量却是苍白无力的，而有些慢吞吞、老扎扎、只有一把木吉他伴奏、看似喑哑、不大经意的声音（譬如乡村音乐），却让人莫名震憾。这里面的奥秘是什么？

也许有人说，静了容易影响眼界。这实在是担忧得多余，简直可笑了。做艺术不是做单纯的旅行家或其他什么，一个真正的艺术家，他不怕亲手挖一眼深井，坐进去思索——任何真正的艺术家都是深刻的思想者，他的思想的王国是无穷大的，躯体才不过是个寄身之所。反而是，如果他一旦身陷繁华了，那才真正是危险之地，他怕死了——他就有了一个很可能被肤浅搁浅、被浮躁缠身、而出不来真正优秀的作品的未来。他静着，一切便都在他掌握中。"事无大小，心自无穷"，他爱万物，万物也便爱他。这就是中国哲学里的"对应"说。这"对应"还有其他表现，正像历史上有多处记载，哪个朝代不尊孔了，哪个朝代就谬论四起，国家混乱。这样的例子还少吗？也不算远。

正人心是文明的根本，人心坏则宇宙坏，正如放眼史上，贪官多不可怕——抓一抓杀一杀、擒贼擒王即可，民风坏才真可怕——忙不迭了，都成风了，要抓、杀哪个？而文明的指标，真正的现代化，是人的现代化，心灵的现代化，然适彼大荒，谎言、拜金、躁动和桎梏在全球范围内的充斥，诚信、理想、纯洁和真挚这些美好字眼的缺失，都是和圣人教诲相悖的。这些，你一眼就可以看出。固然我们文人手无寸铁，有时也被讥为百无一用，难道静一静的可能性也没有吗？

静很难，正像务本色很难。静了，务本色了，不老想着转呀转的，就有了端详的心情，打量的可能性，对于社会，对于细节，对于人生，对于生命……出来的东西就有希望是质朴的，沉静的，不芜杂多变的，坚实有力的。如此这般，像马口铁的坚定，像恒温器的恒常，如高僧入定，"闭门便是深山"，便可以养神、养气，从而神清气爽了，脑筋也转得快、转得优质——不是笔墨的那个转。离开了脑筋的优质转动，其他的转动都白搭，只有减分。

这就回到了我们第一个小题目上头。

唱得响亮

——读书笔记之四：那春那秋

拔掉智齿，留下骨头，让文字显示它自己的力量，让精神显示他原本的力量。这就是《孟子》，一个思想者举起手臂，用好听的男中音庄严朗诵出的人生宣言。

智齿往往簇新、洁白、显性，而漂亮，但那钙是无用的钙（如和他同时代的唾液横飞的思辩家和纵横家），拔掉也罢；骨头陈旧、苍老、隐潜，而平凡，但那钙，是支撑的钙，铮铮作响。骨头支撑一个事物——一个人，也就是一个人群；一个个体，也就是一个集体；一个家，也就是一个国。

孟子像

其实，书和人一样，是有它自己的力量在的。只不过，也如同人一样，一团原本好好的精气，在这个喧嚣的世界上，被左支右突的这个那个、无聊无趣的事物所肢解，所损耗，于是也就泯然无影了。

我希望自己能获取一点这力量。

孟子的"迂阔"

孟子是儒家，恪守儒家的师门规矩，不肯做太大的变通，耻于谈霸术，也不为享乐所动——他见梁惠王，"王立于沼上，顾鸿、雁、麋、鹿，曰：'贤者亦乐此乎？'"

哦，见齐宣王，竟也有类似句："齐宣王见孟子于雪宫。王曰：'贤者亦有此乐乎？'"

让人恍惚间不得不怀疑王们问道的诚意——简直炫耀，甚或撩拨。好像是在对着一寒素贫家，出示黄澄澄金子。是啊，他们这些"贤者"拥有天下，且国富民强，有足够炫耀和撩拨的资本。

好在，我们知道孟子还有一句"富贵不能淫，贫贱不能移，威武不能屈"，他是一个实践家，精神丰足，尽管大言，却从不空话（在孟子其时，空话者还是大有人在的，当然不乏金声玉振，但也不少像滥竽充数的那个南郭先生的难听的乐句），甚至，在生活中也是能仕则仕，不能仕就罢，好像也不是特别在意事业上的成功——我自己以为，这十分难得。君不见，为什么人类几乎在人生的大水里全军覆没？是因为你纵然傲然于"利"，还是会拜倒"名"下——几乎逃不脱。而我们看到的他，却总是一副模样：不朝秦暮楚，也不助纣为虐，不弯腰弓背，也不献丑谄媚，谋求的不是个人待遇的多寡，和"乐此"、"此乐"的乐不思蜀，而是社会制度的改良，是天下的"平治"……这当然就是孟子同当时遍布朝野的纵横家们的根本区别。我们简直都没资格夸他一句古代"活雷锋"。他木秀于人群这个"林"，秀得忒高，褒贬都够不到他。

他因此格外丰神俊朗。他一直那么丰神俊朗。

这和《史记》中对孟子的评介比照来看就更一致了。找来翻："孟轲……则见以为迂远而阔于事情……"。小时候常听到叔叔伯伯常笑一个人（哦，常常是笑父亲）"迂阔"、"迂阔"的，听得多了，就瞎猜猜，知道"迂阔"就是不合时宜。

当然不合时宜——书家父亲曾做过这样的事：把别人求自己办事的条子在会议上弄个脸盆一把火烧掉，得罪了所有人，这已经够傻，而孟子大儒，他老人家出齐入宋，去鲁奔梁，奔走其间，席不暇暖，并忍诟纳辱，还不是只为了匡扶天下，救民水火？他宁辞不接受自己去霸道、行王道的治国大道的君王赏赐的 10 万钟皇皇俸禄，而离开。可是啊，我们教人敬爱和心疼的先知，他行在都城附近荒凉的小镇子上，不走啦，偷偷滞留了三天，茶饭不思，朝暮翘首，手遮凉棚，向远处张望，久久不舍得离去——这是怎样的矛盾？又是怎样的柔肠？绝非有的当世之人怀疑的"他矫情"——矫情做什么？明摆着，他犯不上欲拒还迎假惺惺，真不如马上眉开眼笑揣起了 10 万钟银钱、再趁热打铁提点具体要求（譬如房子、车子、儿子农转非什么的）来得爽快，鲜衣怒马、扬名立万，面上光彩，还里子实在，过锦绣人生。而那样的不谋小私而胸怀天下，那样的壮志未酬的痴情酸楚，那样期待君王一朝想通改变主意召回自己、采纳大言而造福天下百姓的苦心不甘……我们几乎伸手即可扪到……唉，我们自己是做不到了。

是的，当然是造福，而不是造孽；当然是造福天下百姓，而不是造福天下君王更不是造福自己。"仁者爱人"，穷、达无拘，善其身、济天下方为根本。

喏，您瞧，差不多从对孟子的评介这里开辟了这个词语："迂"，执著，坚持；"阔"，淡漠，辽远。又倔强又高远。

符合这样评介的，只能是个半神——我们的父亲，我们的导师，可不就是半神？

想起商鞅见秦孝公，开始谈的也是帝王之术，秦孝公听不进去。后来商鞅便谈霸术，这下成功了。商鞅是个聪明人，他是投其所好，君主爱听什么说什么，什么符合君主的利益说什么，怎样为君王计（其实为君王计就约等于为自己计）就怎么说、怎么做，当然成功——不成功才怪。

孟子若能以霸术博得国君的喜爱和信任，小试于国政，有所成就，然后再谈王道，相信效果会更好些。但孟子毕竟不肯做。是他傻，还是我们？

商鞅倒是降格谈霸术了，后来事业取得不少成功，为秦王巩固统治也做出了贡献。但他竟也没有重谈王道。是他自己本来就不坚守王道，还是时机尚不成熟？或者他本来就不是真正的崇尚王道？我们无从知晓。

假如有一个百姓，处于两国之间，一国用的是赏罚，打仗打得好了，就会很快升官发财；另一国用的则是人性的濡染感化和平素的点滴教益……他会倾向于哪一国呢？哪一国会穷人乍富、嘴脸俨然，哪一国又会一直在那里悄悄积累、面容沉静呢？

不知道。

恍然觉得儒家如春，禀天地之生气；法家如秋，禀天地之杀气。其实，于国于家，仁慈和威严都少不得，各有各的用途和效果吧。

别跟我吵，我不是尊儒倒法派，或是相反。我只记得，孟子的"迂阔"。

孟子的"不伤根本"

读《孟子》，常常羞愧。因为他所在乎的"根本"，常常是我们忽略而删除的虚词。

譬如这一句："大人者，不失赤子之心也。"

——嘿，同老子在远处说的几乎同发一心。可见圣人们无论门户，义理迥异，到底还是有其贯通之势。也足见，不失赤子之心有多重要。就像有味的是清欢，怀赤子之心的，才是真正活过的人生啊。

我所理解的"赤子"，就是人原本应该有的样子，就是那孩童的样子。一直保持孩童的样子很容易吗？孩童果真那么幼稚简单吗？喏，才不是。

让我们轻轻拉过随便哪个小孩子，细细打量他（她），只看他（她）眸子，你便知晓真正的、原本的人的清亮澄澈；他（她）饿了就吃，饱了不闹，寒添衣，热去裳，需求常常仅限于身体所感，不知道金钱的厉害和可爱，不去想"价值"、"意义"、"人云亦云"乃至"人不为己天诛地灭"；他（她）看见一只小狗或小虫也怜惜悲悯，带回家细心饲喂，它死了就号啕落泪，作冢掩埋，时常牵挂、悼念；他（她）爱谁就亲吻，讨厌谁就远离，绝无矫饰和利益考虑，除了遵从内心指引，没有其他芜杂挂碍，也没有索求和回报的心思；他（她）不计较，不算计，不隐藏，不仇视，不纷争，不作假……要慢慢地，他（她）才堕落成我们这副德性。

圣人们追求理想的坚定和坚持是他们赤子的表现之一。一个人，要想活得激情，就得像孟子那样，以"直道"养气——以朴直笃实之道来养天地之间、小我胸怀之内的浩然正气。或许有人会诟病孟子的"道德姿态"，但是，道德也有姿态吗？我只知奸商和政客会有些姿态。道德是天地盛德，至大至刚，居正位，行大道，襟怀浩荡，光明澄澈，自有昂然之势，喷薄无碍，是无意也无暇作姿作态的——只涵养自我，又不接客。

有时掩卷想：我会吗？为了心中清迈理想，那似乎迂阔无形的理想，不放弃？一直做下去？有压力，也有诱惑，要怎样才能尽力朝"赤子"靠拢？他会吗？一个国，亲爱的母国，如果积贫积弱，他倒是有没有勇气，做"赤子"，大力割去盲肠、痈疮，清洁了身体、心地和德行，去促成新的成长？会又怎样？那贯彻力？够不够贯彻到底？够不够解放全部的能量？"独善其身"和"兼济天下"这两个端口，要如何用心，才能对接优良？……

做"赤子"，不伤根本，很容易被人曲解成一个过分诗意化的命题。因为要生存，顾着衣食，怎么去追求不当吃喝的玄虚理想？因为有倾轧，哪能不学着狡黠自保？因为身处竞争时代，如何才能安于一隅不被席卷而去？因为"人人为我（为自我）"，哪里去找"我为人人"？因为虚伪有用，谁又舍得抛弃虚伪？谁敢不承认虚伪简直成了这世间最真诚的一部分？这样的疑问一多，大家便将《孟子》大言抛到脑后。我们当然也就离"赤子"和做人的根本——那些艺术的真精神、乃至生命的精华和钙质——越来越远，终于背道而驰。

然而，清醒的时候，我会悔恨自己的盲从——悔恨曾半路投诚，做成生命的囚徒，而不是主人；悔恨拒绝了妙龄十八的春，而转身依傍了肃杀老朽的秋……我会重新将那些秉赤子之烛的铿锵大言从脑后翻到右半脑，整理，修葺，如同侍弄一畦心爱的春麦，那人类文明的童年最香最纯的真叶。它多旺啊，像一蓬蓬绿火，燃烧炽烈，噼啪有声……他唱得响亮，我听得心伤。

跟随吧，尽力地，跟随那些勇敢的心们。相信并一直记着，总有一些人靠心头微茫的星光活着，哪怕用口中的食物来作为交换。

听着《孟子》来自云端的阳光也似励志大歌，获得些钙质，作支撑的力量，并不失根本，周身遍绕起清气，像一名赤子、像一名真正的人一样地活。这是在和先哲先后踏在同一块土地上、我们这些"类人人"最高贵的理想——她在远处，长如花似玉好模样。

相信吧，不停歇行走——风雨也不——总有一天，会靠近，那"姑娘"。

东坡之迁

——读书笔记之五：拍案说案

他的文称"苏文"，和他的老师欧阳修一起领导了北宋的古文运动；他的诗称"苏诗"，与门生黄庭坚并称"苏黄"；他的词称"苏词"，与辛弃疾并称"苏辛"，不仅是北宋而且是宋朝而且是中国词史的第一人；他擅长书法，熟读《水浒》的同学不会忘记梁山泊军师吴用说当时天下书法有"苏黄米蔡"四大家，他排名第一；他又擅长绘画，他还在金石研究方面颇有建树。

他还擅长酿酒、建筑、游猎、医学、饮食，可以说无一不精。

就连政敌王安石也称他"不知几百年方出此等人物"。东坡是无与伦比的，当然排名第一。

……

苏轼像

眉山苏家长子的这一生呵，才大则大矣，却以壮怀激烈惊破起调，以无雨无晴清隽收尾，虽然始终都闪着青铜的孤独和尊严，但兜兜转转，林林总总，总教人瞠目结舌——无论仕途，还是爱情；无论从艺，还是闯祸……

嗳，那一次，他闯的祸可真叫吓人，简直开了中国以诗定罪的先河。从此，直到康熙、雍正、乾隆那会儿，也没有放下这把砍砍杀杀的屠刀，并把屠刀"霍霍霍霍"在那一代代越磨越水润的石块上磨得更快，以至汤镬、菹醢、凌迟、连坐……眼睛都不眨。按下不提。

北宋元丰年间，东坡被贬湖州。被贬的原因是：他不赞成王安石的新法。

其实，他在变法中完全可以见风使舵、顺水推舟的，最不济可以安步当车、闲庭信步，不趟那个浑水的——没有比这更容易的事啦，还不是照样食俸禄、享天伦？以今天的眼光看过去，实在是有点不可理喻：一则神宗皇帝支持王安石变法，今天看来那可是"重点项目"、"献礼节目"、"形象工程"、"N五规划"……得用政治眼光看待它，反对变法就是反对上层建筑、就是破坏大好局面、就是破坏锐意改革，不可谓不罪孽深重；二则，人家王安石原本对东坡有蛮大的知遇和提携之恩的——自古以来，对于恩人，只有"滴水之恩当涌泉相报"，哪能以怨报德、做出让天下人唾骂的事情？并且，还是因了不干己事的、国家的大政方针而闹开？这不教人怒恼才怪了。况且那次变法，王安石老兄又是皇帝神宗当时顶红的红人，在当时的很多人眼里，给他媚眼如丝地舔脸溜须都嫌迈速低，更别说政见分歧、矛盾尖锐了。但这个奋不顾身、城府浅薄的苏东坡老先生，他在变幻诡谲的政治漩涡中始终倔强地保持着自己的方向，没有晕头涨脑，和明哲保身——他跟他咏的梅一样，打算承当一冬霜雪——当面表示反对不说，还赋诗讥刺青苗法的流弊："杖藜裹饭去匆匆，过眼青钱转手空"……简直不知死活。

唉唉，我们的东坡，他如同当时阴气太重的体制最后的那件"T"形内衣，尽管几乎完全挡不住什么，但总算用仅存的一点点形式上的尊严，给了时代以微薄的指望。

这么迁也就罢了，谁知还有后来的更迁：没多久，新法落败，转了司马光派风向，司马当政，他又要替没有功劳也有苦劳的王安石说好话（不得不插一句：在同等的事情上，同为文坛巨匠的王安石其实也是个好样的，东坡因"乌台诗案"被下狱候斩时，满朝官员除苏辙之外，再无一人敢为东坡求情，而当时王安石已被罢相，成为一介草民。可是深知东坡性情的王安石，不顾个人安危，立即以平民身份上疏为东坡开脱。几乎一半的原因只为着废相旧友泼命一谏，才免了同僚坡公兜头一刀。对安石君，也捎带着赞一个），于是继续受司马迫害。因此，虽然他惠政良多，但随着走马灯一样的势力上台下台，他总是踩不上点儿，只能是向南向南向南，被一路贬戍，直至当时最幽僻辽远的荒蛮之地——儋州。就连他的作品——"文章动蛮貊"、脍炙天下、饮誉当时、传与不衰的大作品，也被打着"绍述"熙宁的旗号加以毁禁。这里有没有那人对禁罢万花会的"回报"呢？

哦，那人就是蔡京。

插一句：原来东坡在被贬去的杭州修了苏堤后，马上又被贬至扬州。他却马不停蹄，在那里，汗都不擦一把，便飞速出手，罢了劳民伤财的芍药万花会，得了民心……万花会，那是打点人脉、接受贿赂乃至献媚皇上、歌颂盛世的大"好事"呀，却不料，大大惹火儿了这个操作此会、论金封爵、在整个中国历史上也数得着的一等一的大奸臣。这是后话了。哦，那些犬儒、恶奴、乡愿和党棍，浑身上下都淌着肮脏的脓血，他们对批评深恶并痛绝，还彼此墨染，已经谁都不觉得羞耻，谁都不彼此耻笑，谁都觉得必须拍马的拍马，杀伐的杀伐。当然还有，那些"为艺术而艺术"的先生太太们，也是与犬儒、恶奴、乡愿和党棍，一副副一母双胞、或笑靥如花或横眉如刀好嘴脸。

东坡则是个例外。

这个"例外"，他以为自己心底无私，雪落无垠，却谁知如此发轫于一腔热血的"革命幼稚病"、"不晓事"、"不明理"、不管不顾、只"一肚皮不合时宜"、一径暖老温贫、怜小惜弱、把百姓顶在头上顶礼膜拜的为人，还是为案件"雪崩"埋下伏笔。

这是东坡的第一大迂处，最大的迂处。

要论东坡之迂，哪里有个完？

因为反对新法遭贬、等待奉调时，东坡循例向宋神宗上表致谢。本是官样文章，但他知道自己被外放，是新法的施行者作了手脚，因此便按捺不住，在表中写出了略有隐意的"知其生不逢时，难以追陪新进；查其老不生事，或可牧养小民"一句，以"新近"、"生事"词讽刺投机钻营之人，被御史李定等早等在暗处的小人抓住小辫子：这哪里是谢皇帝您呀，分明是诋毁您老人家不会用人嘛……好在神宗素日是喜欢把玩东坡诗词的，并且还没有糊涂到完全任人摆布——他说，哪有那么严重？一个诗人，他能怎么着我呀？

可是，在封建王朝，君王的好恶、臧否，以及人格的健全与残缺、乃至不小心打个喷嚏，都直接影响着一个朝代的走势。神宗显然是棵耳根绵软的墙头草，他是连喷嚏都不会打的那种君王。这给那些一肚子弯弯绕的聪明人施展拳脚提供了一个良好的外部环境。况且，但凡迂人怕就怕这些暗地里的绊子——他不防备，不机巧，也没有那样的心眼。迂人们在领导面前羞于说三道四，凡事求公正、对事不对人。他一心明月，率真无忌，怎晓得，如此行事，根本不敌聪明人在领导耳边的三两秋风，几声乌啼……这也是迂人们的一大恨事吧。

也算东坡另一大迂处。

虽说侥幸没被处死，然而一场牵连东坡三十九位亲友、一百多首诗的大案早已因沈括的告密而震惊朝野。

总之，是一口咬定他胆敢讥讽皇上和宰相，罪大恶极，应处极刑。于是基本被架空了的神宗便下令，将东坡免职，逮捕下狱，押送京城交御史台——乌台审讯。

果然哗然如鸦！

东坡被押到汴京，关进大狱，审讯随即进行。直接的罪证是别人为东坡刻的一部诗集，而最先把这部诗集作为罪证的正是《梦溪笔谈》的作者沈括。

你知道，文人相轻，进而倾轧迫害，从来都是毫不手软的，够铁腕儿。当然，东坡也不是没有把柄可抓。就这样，沈括举出东坡的《杭州纪事诗》作为证据，说他"玩弄朝廷，讥嘲国家大事"，更从他其他的诗文中找出个别句子，断章取义。如："读书万卷不读律，致君尧舜知无术"，本来东坡是说自己没有把书读通，所以无法帮助皇帝成为像尧、舜那样的圣人，他却说他是讽刺皇帝没能力教导、监督官吏；又如："东海若知明主意，应教斥卤变桑田"，说他是指责兴修水利的这项措施不对，其实东坡自己在杭州也兴修水利工程，怎会认为那是错的呢？最后，大"毛病"挑出来了：东坡《咏桧》诗中有"根到九泉无曲处，世间唯有蛰龙知"的句子，无耻新派和无德文人相互勾连，最终在神宗面前如此挑拨："陛下飞龙在天，苏轼以为不知己，反欲求地下蛰龙，不是想造反吗？"

喏，说你有病就有病——没病也有病。这就是掌权柄者的阴毒之处。你敢张口？可以呀，可以朝精神病院随便送的，给你开药，给你打针，还给你没见过的电棍尝尝。难怪审讯后期，诗人已枉自叹息"心衰面改瘦峥嵘"了。

按照儒家以一贯之的诗教传统，诗歌具有"美刺"时政的双重作用，"美"就是赞美、歌颂；"刺"就是讽刺、揭露。但那时的专制王朝却只许"美"，不许"刺"。诗人苏东坡银铛入狱的那一刻，已经被完全剥夺了言论自由，甚至因此遭到彻底的诬陷。

然而，诗人的勇敢的心却没有被剥夺——他的诗歌在那里，中正，光明，他的诗歌描绘自己的肖像，然而也正如同没有一幅肖像是完全真实的，因此我们说，诗人通过他的诗歌在修正自己的面孔——他从没奢望自己是个完人，他只想做个正常人，一个良知犹在、善念尚存的人，他还从来没担心过脑袋会搬家。他无所畏惧。

要说起来，他无可指摘：他在官场树敌无数，但无一个私敌，对于几个几乎使他半生颠沛流离的"好友"，他终生无半句恶言，还在其遭贬时，或挺身维护，或写信安慰。因此"几乎所有政敌都恨不能同他成为知己"也就不足为奇了，连最高长官都是既恼其率真性情又爱其杰出才华，不知拿他怎么办才好。据史料载，神宗皇帝进膳时喜听曲怡情（也许有助于消化），歌女每唱铿锵激越之词，"帝必投箸不能食"，抚案叹息不已。皇后和太监则忙以温言劝慰，而皇帝多半会环顾左右半响，凝眉问道："苏子瞻到哪里去了……"

　　他错就错在一刻不歇地追求着真——真是真理：追求真理，只服从真理，向真理致敬，为真理而搏斗；真是真情：纯真之情，祛除肮脏，祛除虚伪，祛除黑暗，祛除魔鬼……文字能表达真理，也能表达真情。因此，他高度先锋地做成功了一名封建时代的公共知识分子，昂首向天，大声歌唱，歌唱人性的坚贞、尊严、美好与高贵，并借了这力量，来打击那些与之相对的力量。

　　同时，用他自己的话说，在乌台诗案出来之前，他过去生活的态度，乃至诗歌主题，也一向是嫉恶如仇、不乏尖叫的——遇有邪恶，东坡便"如蝇在台，吐之乃已"——这句他对自己的评价，倒让我们不得不联想到鲁迅先生说过的关于战士和苍蝇的妙论。是的，他是战士，洁白的战士，虽然他也有脆弱的时候，譬如初到黄州，他苦于"自笑平生为口忙，老来事业转荒唐"，并"明朝酒醒还独来，雪落纷纷那忍触"，"畏人默坐成痴钝，问旧惊呼半生死"……但，尽管这样，还是鲁迅先生安慰了我们苛刻的心："有缺点的战士终究是战士，完美的苍蝇也终究不过是苍蝇"。

　　就是这位偶或也迷茫也无告也"已灰之木"的战士，被贬至杭州时，在那首给一孔姓朋友的诗里，他仍流露出对声势煊赫的官场的蔑视："我本麋鹿性，谅非优辕姿"。不仅如此，他还替监狱里的犯人幽咽，替无衣无食的老人哀号：他写乡村田园逸兴时，起的题目却是《吴中田妇叹》："汗流肩赤栽入市，价贱乞与如糠栖。卖牛纳税拆屋炊，肤浅不及明年饥"；他歌咏"春入深山处处花"，也摸摸农民的口粮，农民吃的竹笋没有咸味，只因"尔来三月食无盐"，直指朝廷的专卖垄断；他写被征调的人民苦挖运河以通盐船，言辞更加锋芒毕露："人如鸭与猪，投泥相溅惊"；他嘲讽赋税严重，冷对千夫指："人间行路难，踏地出赋租"，"而今风物哪堪画，县吏催钱夜打门"……哦哦，诗人笔端心头冷冷暖暖人间事，一时哪里列举得全？

　　他恨贫富不均，写大雨成灾，以"农夫辍耕女废筐"，与"白衣仙人在高堂"对比；也以"立杖归来卧斜阳"饱食终日的御马，与"山西战马饥无肉，夜嚼长秸如嚼竹"的战马对比；还以"富人事华靡，彩绣光翻座"与"贫者愧不能，微挚出春磨"对比；更以"千人耕种"与"万人食"、"一年辛苦"与"一春闲"对比……真天地悬殊，雷霆万钧！

他指责积弱无为的朝廷，梦想"致君尧舜"——他渴望："会挽雕弓如满月，西北望，射天狼"；他探问："持节云中，何日遣冯唐"；他"狷傲"："谁怕？一蓑烟雨任平生！"……其间，讥讽之苛刻，谴责之剧烈，毫端之尖锐，乃至肢体之愤怒都是无所不用其极的——当时的那个"极"。

而"祸从口出"、"言多必失"等被世代传诵的成语，都说明了语言这"轻飘飘"的东西往往可成为人人恐惧的、投向自己的戈矛，使人招致祸端，白纸黑字更有可能授人以柄，因此，国人总结出诸如"事不关己、高高挂起"、"不干己事不开口，一问摇头三不知"、"不求有功，但求无过"，乃至"人不为己，天诛地灭"这样无耻透顶、放之四海而皆准的"真理"来。这"真理"是生活里便当、实用的大真理哩！

即便这样，也不乏一吐为快、口无遮拦的迂人，他平时就随口吟哦，纵情放言，如同全世界最著名的那个皇帝身边说出不得体实话的小孩子，那个披了小孩子衣裳的战士。

东坡的第三大迂也正在此处。

作为文坛巨擘、作品等身的东坡做事也蛮多，也够好，触处成春——一路遭构陷，却一路赤子心：他灭蝗灾，修苏堤，兴水利，赈流民，创狱典，传学问，他写诗歌，作辞章，能书法，擅丹青，精音律，懂美食……扳扳手指数数看，史上有几个像东坡那样纯真、可爱、仁慈、并且具有人格魅力的人呢？连外国的都算上？但纯真、可爱、仁慈、魅力这些优美的、软软的词汇——凡优美的没有不是软软的——它们构不成任何的自我保护能力，倒是一时逗得凶狂的是城府、邪恶、低贱和粗暴。他们在一定的催生条件下所向披靡。越是纯真、可爱、仁慈、魅力……优美的，他们揉搓得越起劲，而正义、温文、谦谦君子的、我们如林间清风、深谷百云的诗人和战士，面对这彻底陌生的语言系统和行动规则，他一定变得非常笨拙，纵然神勇，也有点无措，失去了起码的思辨，无法完成简单的逻辑。他在鞭笞下的应对，我想绝对比不过一个普通的盗贼。绝对。

具备足够智慧和道德勇气的诗人和战士，他花朵般的咽喉被扼住了，只需轻轻用力，我们就再也看不到他了……哦，我们多么仓皇！

"世事一场大梦，人生几度秋凉"，每一个的生命其实都是被诅咒的，你成为你的缘故只有上帝知道，天赋、处境和偶然造就了生命追寻的方向，东坡也不例外。他被捕进京，长途押解，犹如一路示众。在途经太湖和长江时，东坡都想投水自杀，由于看守严密而未成——当然也很可能成。否则，江湖淹没的，将是一大段尤其璀璨的中华文明。

文明的脆弱性也在这里：一念或一步之差就会全盘改易，乃至全军覆没。而把文明的杰出代表者逼到如此地步的竟是一群堪称鼠辈的家伙。我们所剩无几、珍贵无比的精神面孔，苏东坡们，被这些人泼上了污水，还戴上了黑色面罩，推上断头台……推上翻云覆雨的历史七棱镜。

可悲的是，执中华文明牛耳的，常常是文明败坏的败类——那些主审和副审们，他们假模假式，貌似庄严，戴个假发、着个丝袍、戴个肩带、披个披风、敲个槌子……而执着权杖和刑具的，大多是一群挤眉弄眼、欢天喜地的苍蝇，伏在被鞭笞出的新鲜伤痕上，妄想着，把战士的尸体当成下一顿的口粮。

是的，是要打的：没有，没有什么理由，你也没专门得罪谁，尽管如你曾对你弟弟子由说过的那样"我上可以陪玉皇大帝，下可以陪讨饭的乞丐。我看天下没有一个是不好人"天真若斯——可，别说别的（你人格独立健康、心灵阳光灿烂、社会责任感强、又有专业优长……对了，你有，你什么都有，你有爱妻还有宠妾，有富贵还有功名……呸！已经气煞我等！）你写那么美丽的诗呀词的就已经得罪天下了，还不该打？！打！打的就是你"淡妆浓抹总相宜"！打的就是你"老夫聊发少年狂"！打的就是你"有田不归如江水"！打的就是你"十年生死两茫茫"！……

在荷尔蒙决定一切的年代里，打人和爱人一样，完全不需要什么理由。

因为这个乌台，这个乌七八黑的台子，我们的意外损失还有——东坡进京走后，他的妻子王闰之（他第一任妻子王弗的堂妹）怕再生祸端，将东坡诗文手稿尽数焚毁，东坡前期作品因而大多湮没。

哦，原来我们读到的，这么多光华万丈的辞章，竟是文豪残存！

而恶势力不算完：非但诛你的人，还要诛你的心。它们会把人耗光的。

东坡在不断地被贬被贬被贬被贬……的漫漫途中，虽然依旧坚持道德操守，秉持正义之剑，搏打扑向眼底的沙砾，全然不听穿林打叶的声音——用"不听"这样巨大的戈矛，来打击那打击他的强大力量，却渐次收敛了激越的歌唱和尖叫，越来越转向大自然、转向人生体悟的柔情馥郁、香气馥郁的轻唱和喁语。至于晚年谪居惠州、儋州，他淡泊旷达的心境就更加显露无余，一承黄州时期作品的风格，收敛平生心，我运物自闲，从具体的政治忧患，彻底转向了宽广的人生忧患；从少年般的无端喟叹，渐次转向了中年的睿智和老年的旷达——渐老渐熟，乃造平淡——哦哦还不是这样的，那其实是一种光辉澄澈、亲切宽和的识谐：温煦而成熟，洞彻而深入，使得万物都相互效力，开拓胸襟有了余裕。

瞭望大地时，他不再执著于"奋力有当时志世"，而是"小舟从此逝，江海寄余生"；在执黑白子时，他了悟："着时自有输赢，着了并无一物"；在温山软水间，他豁然："夜凉吹笛千山月，路暗迷人百种花。棋罢不知人换世，酒阑无耐客思家"……所以东坡遨游赤壁，与水月相意会，发出了"天地之间，物各有主，苟非吾之所有，虽一毫而莫取"的喟叹……他遗世独行，茕茕立，愿做孤鸿："拣尽寒枝不肯栖，寂寞沙洲冷"；他幸遇知音，携朝云，浅吟低唱："枝上柳绵吹又少，天涯何处无芳草"……

总之，东坡乌台一去，好梦惊回，遂逍遥无任，吟啸徐行，从正气磅礴、豪放奔腾，大水破堤一泻下千里，转了空灵清隽、素朴平实，深柳白梨花香远溢清。

随后的那些颠沛流离是不忍看的，他就被那些颠沛流离摧残得苍老孱弱，都要捏不起笔了。他出狱以后，被降职为黄州团练副使（相当于现代民间的自卫队副队长）。这个职位相当低微，而此时经此一狱他已变得心灰意懒，于公余便塞头巾短打扮率全家老小开垦城东的一块坡地，种田帮补生计，用以自救。"东坡居士"的别号便是他在这时起的。就算这样，还一度没有俸银，只有配给的一丁点实物（想来不过些许不够嚼裹的粗米糙面），聊胜于无。在黄州，他在给朋友（唉，这"朋友"，值得我们闲了时专门说说他）章先生的信中写道："现寓僧舍，布衣蔬饮，随僧一餐，差为简便。以此畏其到也。穷达得丧粗了其理，但廪禄相绝，恐年载间，遂有饥寒之扰。然俗所谓水到渠成，至时亦必自有处置，安能预为之愁煎乎？初到一见太守。自余杜门不出，闲居未免看书，惟佛经以遣日，不复近笔砚矣。"我们可以看到在表层意义上东坡是被贬黜黄州、惠州、儋州和遇赦北返、客死在彼的常州等地，但他的贬黜生活与其他肉吃腻了吃吃青菜的富贵闲人又不一样——他丝毫没有失意人的怅触骚怨，而"寓僧舍"、"随僧餐"、"惟佛经以遣日"……在起居生活上已渐趋佛道——要晓得东坡年轻时是最反对佛道的，但最后，总算变得聪明了一点点。

……唉，也罢，就那么过吧，如果，果真已然山头斜照，如果，果真那么过就可以保全，保全一个奋挣不动、渐渐老迈的肉体，不倒卧；保全一颗依旧高贵、深阔雄迈的诗心，不缴枪。

好在，诗心与佛心原本也并不多远。

男孩项羽

——读书笔记之六：史记小记

比起心眼子一箩筐的汉子刘邦，我更喜欢大男孩项羽，这个虽然身处众人之上、却注定最终归于寂寞的大男孩。几乎爱上他。

项羽应该属于温文尔雅那一派——也许正史野史里的他未必有那样的样貌和性格。他骨子里是。他出身于"世世为楚将"的贵族世家，虽算个叛逆者，但却完全没有庙堂气、迂腐气乃至霸王气（得亏人们叫了人家几千年的"霸王"），虽自幼不喜

项羽像

读书，舞枪弄棒，但毕竟多年的家庭熏陶摆在那里，举止投足之间的风采仍是强过了草莽出身的猥琐狡诈、满嘴没一句实话的流氓刘邦百倍。何况，彼时项梁仍在，万事都用不着他这个晚辈操心劳神，虽然上过几次战场，也都顺顺利利没多少波折，以至于垓下之战前的他，也不过是一个未经风雨、未遇磨难、武艺高强且又骄傲不群的贵公子罢了。他像是一把宝刀，安安稳稳地睡在鞘内，只要永远不被拔出，就永远不会伤人、不会有杀气。他的对手其实都是些不靠谱的家伙：屠狗的，卖布的，管牢房的，帮别人哭丧的，耍嘴皮的，还有那个钻裤裆的……更要命的，还有那个为了自己逃得活命而把自家儿女几次推下车来的刘邦。

项羽天真烂漫，孩子一样。做到"孩子一样"可不是一件容易的事，

需要有一颗极其简澈而深刻的心。只有那些真正高贵的人才可以当得起"孩、子、一、样"这四个一字一珠的字。如您所知，有一回项羽攻打外黄，数十日而不克，两个月后外黄支持不下去了，只好投降。项羽余怒未消，气愤地把十五岁以上的男人全部押往城东，准备活埋。这时候，有一位十三岁的小男孩走出来争辩道："彭越来到这里，要挟手无寸铁的百姓，大家投降正是为了保全活命等待大王。现在大王到来却要活埋他们，以后谁还会归顺大王呢？"虽然外黄是被迫投降，小男孩显然是在狡辩，但是大男孩项羽还是对小男孩动了恻隐，还给足了面子，放过了所有的人，而完全没有以大欺小，得理不饶人。还有，他不懂得人心隔肚皮，还有点傻，还有点笨——刘邦一句"小人挑拨离间"的话就能够把他的绝密情报（曹无伤是本将军的眼线）搞到手；陈平一句"不是亚父的使者，是项王的"，就让项羽跟范增疏远了，破裂了。因此，乌江那被"朋友"算计的一折子几乎不可避免地来了。此前，楚汉相争，可以说项羽百战百胜，刘邦百战百败。他孩子一样，可他怜爱众生，乃至敌人。这是不是一个了不起的德行？

在爱情方面项羽也秉真性，存纯稚，绝不见异思迁，和他的爱人，大刀阔斧、扒心扒肝地爱着，死也引颈相迎。两千年过去，那个叫做"妙戈"的幸运女孩，同她的爱人一样的性情、爱好，一样的散漫而克制，一样的浪漫而自治，一样的感性而理性，一样的干净而宁静，深挚、默契如同一人，且柔且刚、柔则倩舞翩跹（为了爱人）、刚则横刀自刎（同样为了爱人）——的女子，她的项羽依然以他夏天般干净的笑容（而绝非京戏里约定俗成的大花脸的狰狞。当然大花脸也有大花脸的好看处。那是艺术上的事，与这里所说无干）光照他们的爱情，容颜不老。尽管"粉丝"如云，但他只跟这一个女孩好，并且在生死攸关的时刻，为了女孩的命运而抬不起头，走不动路，泪流满面，稀里糊涂。因为他很天真烂漫，所以不会像刘邦那样叫嚷："只要拥有天下，贵为皇上，还会缺少女人吗？"单纯可人的项羽就是这么傻乎乎地相信，女人很多但不是我的"那一个"，任凭弱水三千，我只取一瓢饮。可爱得令人叹息。

项羽仁厚宽宥，诗人气质，兼着理想主义者一大枚。日常军旅生活中"恭敬慈爱，言语呕呕，人有疾病，涕泣分食饮（《史记·淮阴侯列传》）"，分明是个血肉丰满、心肠细腻的性情中人。他从来不会嫁祸于人，推卸责任：他没有责备过丢失城池的曹咎，没有批评过打了败仗的钟离眜，甚至没有咒骂关键时刻倒戈叛变的英布！坦荡磊落，一生从不玩弄心计，只知道醒来就提剑在手问"天下谁是英雄"，还时不时哄弟兄们开心。荥阳之战项羽对刘邦就说过这么一番慷慨激昂的话："天下纷纷乱乱好几年，只是因为我们两人的缘故。我希望跟汉王单独挑战，决一雌雄。再不要让百姓老老小小白白地受苦。"项羽说这话是有点白痴，但真是痴得可爱。乌江岸边，二十八骑的东城决战，尽显英雄英气：他斩将，刈旗，溃围……哦，当然，还有别姬，战场上那片刻的抵死缠绵。而待项羽率二十八骑四面出击，几进几出，斩杀敌军数百，突出重围，奔至乌江，乌江亭长早备好舟楫，眼巴巴专等项羽，助他过江，重建大业。而项羽，则从容下马，套好缰绳，对亭长笑曰："我还哪有脸过江呢？想当初，江东百姓交与我八千子弟，如今只剩这么几个，即使江东父老原谅我支持我，难道我就不惭愧吗？"接着，将缰绳交到亭长手上："这是我多年的老伙伴，送给你吧。"而等到从敌人队伍中发现叛徒骑兵司马吕马童，项羽居然可以问得："吕将军一向可好？"然后，一句"汉王悬赏千金，要我的首级，呵呵，这颗头就送给故人吕马童你吧！"身中几十处伤口的项羽大笑之后，便横剑向颈，自刎而死——唔，这次第，真是感天动地，浪漫至极，耍酷耍得够可以，玩帅玩得也忒风雅。

就这样，数一数，一段短短的《史记·项羽本纪》里，项羽的天真烂漫比比皆是：项羽不会手擎长剑，斩一条小白蛇，就造谣说这条小白蛇怎么怎么啦，传得那样云山雾罩；项羽不会面对强敌而弯腰请罪；项羽在鸿门宴上因应允项伯之言而"善遇"刘邦，此后范增虽"数目项王"，而项王仍"默然不应"；项羽不会让自己的手下顶替自己去死！他一点也不含蓄、一点也不躲闪、一点也不讲策略……他怒形于色。他给对方看他的伤口，他的军功章，他的一切。他由此遭到邪恶的全面彻底的攻击。邪恶无法容忍他的存在，因为他把自己摆在与邪恶你死我活的对立面上，邪恶即使仅仅为了自己的活，也要让他死。于是，乡愿活着，滑头活着，痞子活着，奸雄活着……项羽死了。项羽使这个世界的生态更加恶化，更不适合人的生存。

如此说来，项羽确实天真烂漫，也死于天真烂漫——岂止天真烂漫？他还有许多别的缺点，譬如刚愎，譬如暴戾。但我总以为天真烂漫的人往往有真性情。更重要的是，天真烂漫的人即便不是君子，也绝不可能是小人——因为小人总是城府圆通的。

况且，有缺点的战士毕竟是战士。霸王项羽的精神之洁白与光芒，香透竹简，一直飘到今天。

可是，当黄钟被毁弃的时候，瓦釜就开始雷鸣了。项羽与现实中的"苍蝇"刘邦们势不两立，而他们却能游刃有余，甚至与项羽事业开端最初的兄弟搞合作，讲互利，并策高足，踞路津，在项羽战死的地方，他们同项羽大相径庭：包括那些曾誓同项羽同生死共进退的他们，全然忘记了已经离去的八千子弟。他们退到安全线以内，抢夺项羽的尸体，瓜分他的四肢，相互践踏，竟死掉几十人，幸存的，便同敌人一起，封侯纳爵，粗声吆喝着，大块分麾下炙，大秤分金断银，并开始讨论幸福。

唉，悲哀的是：这不是项羽一个人的悲哀啊。

为君子谋

——读书笔记之七：万事万物

父亲对《周易》的精深研究多少也濡染了我——有好老师点拨，我也就多少了解了其中的一些义理。

呵呵，谁能想到，一个以谦逊、向内为根本的民族，居然在人类文明的发源端起，就以"龙"这样一件非同寻常、格外张扬的物什雄壮起航。这是很有意思的悖论，能壮能老。难怪书籍那么多，三坟五典八索九引……孔子最喜欢的书竟然是这一部。如你所知，有句老话形容孔子爱看书的情形："韦编三绝"，就是说孔子喜欢看一本书，看到串简册的皮绳子断了三次的程度。夸张吧？这里说的孔子手上这本书，就是《周易》。呵呵，它老人家就这么牛，使以坚持儒家传统的小国学，和以中国多种民族的儒、佛、伊斯兰文化组合的大国学，都相形见绌。

唉，这本天地草创后最先横空出世的、文化图腾似的大书啊，它阐幽显征，被司马迁认定为群经之首，因为它"究天人之际"。意思是《周易》穷尽了所有天人之间的事情，一切问题都可以在《周易》中找到答案。此言大，可也不是不合适——正所谓"人更三圣，世历三古"，是经过伏羲、文王、孔子三个圣人的手才写就的啊，历经了上古、中古、近古才彻底完成。想来圣人们咳吐千钟倒玉舟，隔山隔水隔时空，相互

周文王像

应答，如同春树间的黄鹂，简直浪漫至极。可以说，它是昼长夜短、昼短夜长、与五千年历史的中华民族同步长成、俊逸起来的。相对而言，《圣经》只有两千年的历史，《古兰经》也只有一千三百年，最古老的印度《奥义书》的历史才不过三千年而已……如此比照下去，没有个完。中国古人的过人智慧真是不得了。他们衣袂如波飘动，在光线中风一样自由穿梭，并万里跋涉，像爱人的手一样，轻掠过来，把暖意和教益送达我们的心田……他们鱼龙曼妙，将万物吸入腹中，吐纳声气，抟柔成香馥馥的丹丸，投掷给等待饲喂的世界……哦，你不得不叹服，先哲们认识和探索生命的方法是如此的曲径通幽。

是的，司马迁说得没错，在这面巨大的镜子面前，一切纤毫毕现。而自古就有"《易》为君子谋，不为小人谋"的说法。有心人测算：在整部经文中，"君子"的概念就出现过21次；在整部传文中，"君子"一词就出现了104次……可不可以说，这部充满神秘之物、甫一发轫便震惊四野的著作致力形而上之性空，为那些有德行的人、立志为人民做点贡献的人，那些有着最高贵财产——譬如：正直、仁慈和诚信等美好德行的大人，提供了一些光大中华门楣的秘诀？这些美好的德行，构成了人的地位和身份本身，使得人在最初起步时、在根本上就有了区别。

人是有高贵和卑贱这回事的，这无关血统。

应该是这样的吧？细细地、一层一层地扒，你会发现，我们平时很多熟悉的句子，振聋发聩、革命样子的话，居然出自《周易》。譬如："天行健，君子以自强不息"就在《乾象》一节里——猛一听，还以为是孟子说的呢。因为它的意思是：天道运行刚劲雄健，君子应自觉奋发向上，永不松懈。多么恢弘，多么大言汤汤！《周易》中认为：乾为马，坤为牛。用马来象征天，故，天行健，就不难理解，以骏马形容自强不息，十分妥帖。这么一句看似简单的、10个普通汉字组成的话，它一灯传至无尽灯，光照四方。

还有，常用的一些句子，譬如："天地本长而忙者自促"，简直天理昭彰，再过一万年也毫厘不爽；还有"与人方便，随遇而安"……都有点可笑了——这么大路的话语，它怎么就出现在有"天书"之称的《周易》里呢？

另外，我更注意从那些幽僻些的路径上，寻一点"粮食"来糊口。譬如：

《周易·系辞》句："立人之道，曰仁曰义。"意思是：如果没有"仁"和"义"，就无法做人，得人心者得天下，失人心者失天下。"仁义"之理告诫我们要有"良知、良能"，要施仁于民，才有人的资格；人讲"义"，才能德明。要有爱人之心，宽人之德，容人之志。仁是心之德，爱之理；义是心之制，事之适，只有实行仁爱，崇尚道德，存了彼此亲爱之心，才能创造和谐、推动社会进步。

读着这样闪电一样把黑夜照得通亮的字句，你会觉得，我们同几千年前的古人仍然共心跳，新鲜的心跳。这个感觉十分奇妙，简直有点幸福了。

通读下来，更觉得《周易》处处蕴含了诚信之道。譬如：《中孚》卦就是直接讲诚信的。看它的卦爻辞："初九，虞吉，有它不燕。九二，鸣鹤在阴，其子鹤之；我友好爵，我与尔靡之。六四，月几望，马匹亡，无咎。九五，有孚挛如，无咎。"由此可以看出，"虞"就是"安"。"有它"就是"有应"，也就是初九和六四正应。但爻辞认为，处于中孚初爻的位置上，守诚信则吉；别有他求则不得安宁。我理解它的意思是：要想被人赞誉和信任，自己首先要耐得住寂寞，踏踏实实地在诚信上下一番工夫，因为诚信不是靠取巧所能得到的。要想取得别人的信任，不能靠算计，不能靠投机，不能靠讨好，不能靠嫉妒和由此引发的、自己也不可遏制的栽赃陷害，不能靠吹牛，也不能靠强迫的手段和丧心病狂……只能老老实实，靠自己的扎实苦干，靠自己的优质德行，靠发自内心的"诚""信"，最终怎么会不被大家赞誉和信任？而如果一个人不讲诚信，既得一时之利，也会最终失民心，失掉市场，断送自己的前途和命运。进一步理解：所有的众生在天地的眼中，都是平等的，都是他老人家的、咬哪个哪个心疼的指尖般的孩子，如果觉得天理"不公"，为什么现在你啃着黑面包，别人却吃着海鲜大餐？孩子，在大叫"不公"、出离愤怒之前，为什么不想想你是否和他（她）流过同样数量和质量的汗水？如果想不通，也行，别想了，埋头行路就可以，而这个世界上，还没有人有那般神通，可以挡住别人步履坚实的赶路，只有自己挡住自己——挡住自己的赶路，以及照向自己的阳光。为什么你不尝试通过自己的努力，来稍微扭转一下这样的"不公"？努力战胜人心自我的私识，呼啦啦舒展胸襟，也是我们修业进德、不断前行、靠近"人"这个大概念和"君子"这个小概念的一个通道啊。

这通道伸向官场、商场，当然也伸向国场——国家的场，以及文场——文人的场（对不起，自己造的词。好歹说明本意）。国家与国家之间、你和我之间，不都是这样？也可以说，国家和国家之间，不正如你和我之间？这道理竟又是"治大国如烹小鲜"一般。人类个体可不就是"小鲜"？万物造化生灭，世运枢轴轮转，乘虚而来，还虚而去，看着形状不同，器具各异，然而，内容仿佛，道理也基本一致。

其实呢，社会中的每一个岗位，每一个人（包括阳光照不到的小人），都理应受到鼓舞，得到不同光彩的荣耀。而一个和谐的社会说到底不过是一个相互制衡的社会，因为不能完全消除——小人的恶的生长速度和毒瘤仿佛，成几何数字增长，因此，只有君子和小人共同和谐共生，不触发他们叫做"恶"的那一个机关，才能达成世道圆融。就像则天武后洞悉忠奸、又必须把他们统统留在身边，就像你不可能拔光每一片稻田里的每一株鼠尾草。而官僚体制下的社会生活是封闭乃至窒息性的，这几乎无一例外。因此，人与人之间相互的爱又是相当有限的，在一些层面上也是极其虚伪和狡诈的，带有苔藓湿腻腻的隐蔽性和特异的肮脏，争夺，哄抢，混乱，丑陋，衰微，浮躁……这些芜杂的东西集合在一块儿，导致了现代中国社会充满了仇恨——是君子对社会大众的引领，是社会大众对君子的愤恨。换个说法，是社会大众里的小人对君子们的愤恨。如果机关松动，局面失控，人心皆怨，人心涣散，将直接导引社会的自焚。

这样的愤恨，是功利主义在现代社会的直接体现，是人性恶的一类杂污的表达。我们一旦像老中医把住病患脉息，会一把抓牢它的把柄，将"一个也不饶恕"。永不饶恕。

正如后来者的孟子所说："君子之泽，五世而斩。"这里的"斩"说的就是结束的意思。君子们的盛德也是有定量的。

不仁不义不诚信，君子的恩惠福禄消耗殆尽，当然就是"斩"。

好吧，既然"场""场"如此，不妨就形而下一回，标本兼治：在《周易》里寻一味卦辞的好方子，引申了意义，取得些毒的辣的虎狼药，给那些"场"：君子泽去，小人当道，如果再轻蔑沉默、置之不理，再参茸温补、八珍暖心也竟不能不触动小人"恶"的机关（或者是那机关它自动开启），当然是得——不得不，也只有———锄头下去，污血迸溅，结果了尔等狗命。

然后，吹吹锄柄当吹吹枪口，然后，日头高高，埋头锄禾。

那段水域

——读书笔记之八：美人美裳

出游时，看到柏树籽壳和各色花瓣被风吹落满地，无人理会，不免怜惜：记起古人用柏子和花瓣作香料，在香炉里焚了，一应衣物就都染上了怯怯的馨香。想来夏秋捡一些它们放在衣柜里，那么，冬天的衣柜里便会多上一缕淡淡的、特别的清气了罢？

这真叫人向往。

若还不够尽兴，不妨试着去穿上它们——学习那位天下最勇敢烂漫的诗人。哦，他刚离去，又似乎才来，在一个无比逼仄的时光缝隙里安静地住下，做成我们最浪漫的节日——"端午"，端端正正的正午。每一年里，他只来一天。

——唉，"端午"，她当然是端端正正的，一个美人，并且是正午，最率直炽热的正午。十八个笔画，有横眉冷对的竖横，温柔凝眸的点，却鲜有贼眉鼠眼的撇捺。他因此被众人爱了两千多年，还将被爱下去。

至今，还有人循例，跳着名叫《我哥回》的舞蹈，每年都在这一天，把一种食品包成口唇的模样，

屈原像

深深送入他在着的那条河流，把他的周身吻遍。

他在我们之外、之上，在河流里——他就是河流，免不得泥的身份，却禀着水的心肠。他目光清澈，美髯疏朗，长了一双写诗的手，在河畔用芦苇或错刀，划下充满革命的浪漫主义的呓语和狂想，把那段水域写得满满，没有了天地。他还有一种沉实成熟的力量酷似月光，在平静的脸上河流一样飞溅着书写下来，自信、从容、不可抗拒。他为保持他的"皓皓之白"，而不"蒙世之温蠖"，身披白芷的衣裳、秋兰的佩，怀揣含香的志向、哀愁的叹息，抱了一块石头跳入河流中以期洗濯……他是唯一一个敢背对尘土飞扬、粗糙尖锐的世界的人。一直是——他一直"背对"，让河流为之心折成九曲十八弯；世界也一直尘土飞扬、粗糙尖锐，使土地失去尊严，掩泪入心。

他在那段水域站立，已经有一些日子，鬓边带了仆仆风尘，却依旧简朴优雅，历万古而不灭。他像一个神，汨罗或湘江的，有着超人的热爱的能力，并因这热爱而生出豪勇，仿佛力能拔山。

他苍茫而去，无序而来，为江山解梦，替众生问天，长歌当哭，精神洁白："长太息以掩涕兮，哀民生之多艰；余虽好修女夸以革几羁兮，謇朝谇而夕替；既替余以蕙纕兮，又申之以揽芷；亦余心之所善兮，虽九死其犹未悔……"，"时暧暧其将罢兮，结幽兰而延伫，世溷浊而不分兮，好蔽美而嫉妒……"他又是个多么诚实、天真的人——他没有把自己装扮成圣人或完人，也有犹豫彷徨软弱恐惧的时候——其实，他因此才更真实，也更可爱。面对黄钟毁弃，瓦釜雷鸣，他也曾想到退却，小声咕哝：我是不是走错路了呢？好在迷失方向还不算太远，是不是应该踏上原来的水驿山程？我走马在这长满兰蕙的水滨，我奔向那高高的山脊，到那儿去留停……我既然进言不听反而获罪，倒不如退居草野，把我的马车赶回来吧，把马的缰绳解了，让她（这样一个多情的人，他自然把"它"叫做"他"乃至"她"）兰皋逍遥吧，我也要回去整理我的旧衣裳了……纵然不去屈理而从情，他却足以蹈虚守静，安心自保。他峨冠博带地做着最高统治的大臣。他有这个资本。

然而，到底抵御不了"制芰荷以为衣兮，集芙蓉以为裳"的、内心需要的诱惑，他终于冲破自己的优柔踌躇，而大声呼喊："不吾知其亦已兮，苟余情其信芳；高余冠之岌岌兮，长余佩之陆离；芳与泽其杂糅兮，唯昭质其犹未亏；忽反顾以游目兮，将往观乎四荒；佩缤纷其繁饰兮，芳菲菲其弥章；民生各有所乐兮，余独好修以为常；虽体解吾犹未变兮，岂余心之可惩……"不妥协不放弃，我还是保持我的高洁，纵然被车裂，我的内心依然无所畏惧。这是一种不欺的思想。"忽反顾以游目兮，将往观乎四荒……"，自己将以灵魂出窍的形式遨游四方，寻求"美人"……一路锁枷，他一路吟唱，无论怎样，他的内心始终喷薄着着高远的情志之香。

他真爱美呵——在《怀沙》里他说："余幼好此奇服兮，年既老而不衰，带长铗之陆离兮，冠切云之崔嵬。"《离骚》里他更清明如镜。照出自己："高余冠之岌岌兮，长余佩之陆离"，"佩缤纷其繁饰兮，芳菲菲其弥章"，而《思美人》时，他进一步阐释了华美的仪表与质正的心灵、内美与外美统一的好："情与质信可保兮，羌居蔽而闻章"；于《橘颂》中，他还把两种美的结合高度概括为四个字："精色内白"。

是的，不错，他终生精色内白，美如日月，光明天下。

他非但爱着了最美丽的、梦样的、香草的衣裳，行走歌唱，还"朝饮木兰之坠露兮，夕餐秋菊之落英"，里里外外离不开了花朵，像离不开最优秀的爱人。同时，他对各种艺术的美，也像对待一个心爱，懂香、寻香的蜂子一般，以精纯修洁的心欣然接受，而不是以狭隘的功利得失加以否定。因此，他成了最美的美，成了美的最后坚持——仔细品呵，《九歌》、《招魂》都像极列维坦的调子，铺陈、绮丽、杂糅、安详，偏衬了梅疏薄雪的品格，满溢着音乐歌舞的炽烈感染和由此引发的滔天感动，有欢喜，也有爱慕，哦，自然少不得，还有忧伤——一个真正的诗人，他哪里舍得不忧伤？尤其是爱情的忧伤？我们可以猜测，他一定有一段缠绵悱恻、相互爱慕、神砥一样的美好爱情，却徘徊在某个秋天，生死契阔，会合无缘。否则，哪里会有《湘君》、《湘夫人》重叠交叉、又一以贯之的、热烈的对视和质朴深长的怨望？

喏，就是这样，因了真香无形，如同真爱的渺渺，像狄金森说的，为了灵魂而选择自己的伴侣，他就要调动一切能量和感官去找寻，去感受，脚步匆促，目光坚定，并不惜为此跋涉千里，倾尽心灵。然后，他做了最神圣的选择，再不更改，心门紧闭。

他心香盈房。所以，与他同时代的美男子宋玉有千千万，滥了江湖，他却只有一名，独立不迁。

"羌声色之娱人，观者憺兮忘归"，他是那么喜欢香草，因此竟废绝吟咏，花费时日，把她们亲自栽种了好大的一个园子（"余既滋兰之九畹兮，又树蕙之百亩"），日日相跟上，厮磨着。也就不必探究，为什么他的诗篇，那么喜欢大量铺陈华美旖旎、色泽艳丽的辞藻了——要有怎样的克制力才能忍住不铺陈？他都被她们钳制啦——他被美好钳制，不能自拔。

也因此，一个一辈子喜欢香草和美丽衣裳的人，他孩子气、罗曼蒂克得统统一塌糊涂，就不足为奇了：他赞美自我的人格，率性任情，中正无邪（他说得没错）；他咏唱水神的恋爱，热情四溢，成绕指柔（他本就温柔）；他颂扬烈士的牺牲，激越慷慨，沉雄大气（因了不染，他那样骄傲）……唉，他不知疲倦，还顽皮，时时将漂亮无比的句子掷将下来，砸了我们的脑袋——嗳，还有他香香的唾沫星子。那真叫个"一亲芳泽"。

砸就砸罢——荣幸啊，简帛流转，他来得多么不易。

我一直眉眼不睁地爱着《诗经》，把她当成我的枕边书，于是读她便时时有了比较——以前嫌她过于华丽，现在不了——不是她太华丽，是自己当时太傻。一寸一寸摩挲他，才惊觉，较之《诗经》总体上内敛克制、温和蕴藉的情感表达，他的诗篇像一个娴静女子的梦里翻身，不意间，那一面逼人的窈窕美艳，"哗"地一下，绚烂了中华诗歌。不难看出，他在相当程度上放手了情感的挥洒，并打破了以四言为主的体制，句式长短参差，内里筋骨强壮，血脉畅通，外扬气势，神采飞扬，从而生气勃勃，奔腾无任。他多情，他向美，他正义，他真理，才调既然无论，更兼盛德浩荡，你我被这等文字和思想所绑架，哪有不乖乖就范之理？然而，他又俯身，借用了《诗经》的"比"和"兴"，赋予草木、鱼虫、鸟兽、云霓等种种自然中的优质事物以人的意志和生命，增厚了诗歌的美质。好似一本散佚多年的琴瑟曲谱，经他拣拾了，午夜里丁冬奏出，动听深沉，青山碧水，花朵盛开……他当然就是其间一株最美不过的香草，满口唱着：贪图利禄的小人本来就善于投机取巧，方圆和规矩他们可以全部抛弃。他们追随着邪恶，背弃了法度，竞相以苟合求容作为处世准则……我忧郁烦闷，怅然失意，我困顿潦倒在这人妖颠倒的时期！我宁愿暴死而尸漂江河，也绝不和他们同流合污，沆瀣一气。哦，那凤鸟怎么能和家雀合群？自古以来本就这样泾渭分明。哪有圆孔可以安上方柄？哪有异路人能携手同行？……他有着天下最硬的骨头，一副身段却时常柔软得几可折断，比女子更女子——他爱得炽烈，柔情馥郁：郎才女貌一定会结成眷属，哪有真正的美人会没人喜欢？……

他自在飞花，衣袂翩然，任凭风从各个方向吹向他，都根须坚定，不肯移动半步。他以《圣经》的样子，生长在那片名字叫《楚辞》的水域，离我们最近的地方，醒着，清白着，幽幽如泾，半醉半开……与我们共着呼吸和爱憎，并回答着我们的不明而问，应约着我们的不情之请。

至此，想起近来看的一个片子：一美国战士即将被纳粹处决，可他脸上的笑容如冬日阳光。他高高地竖起两个手指，打出"V"的姿势，向人群示意：希望仍在。刽子手将他的手指砍下来，可他伸直手臂，目光投向天空，一个大大的"V"字直插云霄，像极了飞翔的翅膀。让我们看到，生命的结尾如同重生，也可以如此动人：不出声响，却令人一时失语，有了泪意。

不管过去了多少年，他一直都是一类人的LOGO：真正的美人，长得好看、心地也好看的孩子，一辈子都是首悲伤的诗歌的孩子。这一类人虽然铁定数量不多，但个个足够质量，且一直没绝过。

我们因此并不绝望。我们望向他，如同望向"V"字，那双翅膀。

他没想与我们作别。

他那个人呀，整个儿是飞翔着的。如一段香。

家在别处

李时珍竟是如此不解风情的一个人：他把所有的植物都看成药，就像把所有曼妙女人都看成粗鲁汉子一样滑稽，和可怜。

是的，可怜。不可怜么？如果，一个男人，他眼里的女人都是男人，男人也是男人，他一辈子看到的都是男人……哦，有什么意思？

他看到的植物都是药材药引子，山是一架架汤锅银铫子，云蒸霞蔚的都是一山一山的药香。

他多么无趣，又多么理想主义——一个诗人式的、漫长的、艰难无比的流浪，山山踏遍，每一山都是一程水路，流觞千里万里，却全为着凑成一篇儿一篇毫不连贯、自说自话的简短说明文。

不晓得那独守闺房的夫人，她又该多么委屈，嫁了一名"药"——他认为这是上天赐予他的唯一而尊贵的爵位。为了履行这爵位下的必须履行的清洁职守，或者说为了实现这爵位下必须实现的高贵挚爱，他一走（连同他的心），就是 27 年——从 38 岁走到 61 岁，从中年走到老年。而 27 年，简直就是女人真正活着的一生。女人有几个 27 年算是真正活着呢？得亏他还老在那部他的

李时珍像

命一样的书里教导人养心柔肝什么的，嫁了他，心要如何养、肝又如何柔呢？

担忧废绝的心血、思念摧伤的肝胆，是他一双粗糙的手医不了的。她的裙摆满盛了自家碎裂的心瓣，穿孔的肝胆。

……哦，他是一名纯粹的独立知识分子（还有谁能比他更独立的么？），又远不是我们经验里的独立知识分子——哪怕是知识分子：他的手，粗糙得胜过大田里劳作的农人，野山上攀爬的樵夫。他们是有家的，早出而晚归，总归还是归的。他呢？一片平原一片高原地路过，一座山一座岳地停留，压根儿没想过归不归的问题。陪他在那里默默站一会儿，都能被他染成新绿——他当然是墨绿，最有力量、最深沉的那种绿，绿得太久了的那种绿。

他把找药错当成了找太阳。

他一路倔强奔波，奔波成了一个自我修葺、自我成全、独立存在的灵魂。他的形当然是他 500 年来无处不在的皇皇巨著——在大洋彼岸它依旧熠熠闪光。

他一定曾这样优雅蚀骨地想：世上还有比找药更神圣的事吗？没有找药这件事，活着还有什么意思？

他真的也是药们的知音呢：曼陀罗、九仙子、朱砂根、石楠藤、千年艾、隔山消……那些好听好看的名字和样子，把他蛊惑得像一名最痴迷的爱人。他挥一挥衣袖，那些广袤恣肆的药们就忽拉拉跟了他走；他扪心真心邀请，那些药香即刻翩翩起舞……那些绝色的红颜，她们才不管他十指苍苍两鬓苍苍，又脏又老。

他泼了性命亲药，一刻不停找药，不顾死活试药……奔波来去，激越燃烧，却来不及受用山水之乐。除湖广外，他先后踏遍赣、苏、皖、豫……，足迹遍及大江南北，行程达两万余里——一个长征的里程。那些种田的、捕鱼的、狩猎的、采矿的、打柴的（也得有打劫的吧？）……无一不是他学习的老师，他们对他也全没有来自泥土的敌意。他们晓得，他和他们同体。

这是他们之间能给予彼此的、最大的尊重。

只有医家落到实处，病患才能落到实处。反之亦然。

这个简单的信念，让他即便冒着躺到坟墓里的危险，也去用舌去细细品呃一味味陌生的药——那些红颜们，有的脾气火暴，也会因为他们之间暂时的、彼此的不懂得，而在他背后给他一刀。

他因此成为了古来最勇敢的一个男人。我认定他比一切英雄更英雄的理由是：英雄基本只死一次，他却注定死过许多回。

他一定因为食了某种毒物而呕吐绞痧梗阻头痛胸闷气短……而从粗布的背囊里摸索出几粒也许管用也许不管用的解药——他真的不晓得到底这一次管不管用，而且粒数眼见得越来越少——硬嚼了吞下去，静等其变，并用秃笔草草——是"草草"，因为彼时他被毒侵犯着折磨着难受着——平实忠诚记录下自己感觉的变化（如果坚持的时间够长，他还画下那药草的模样）。这变化或许好，或许就糟到眼前黑掉……

也许就黑了一阵，醒过来，也许，就眼神更加清亮，或腿上旧疾去了微恙。他因此欣喜若狂。

有过多少眼底的暗如黑夜，就应该有过多少的欣喜若狂——为自己的重生，也为众生的重生。

必定，许多年来，许多人为此而重生。

尽管没有胜算，他依然不能放弃。

他当然没有被他热爱的森林似的草木结果了性命——在那个盛大到浪费的国度里，他是王。那些卷须、细丝、那些钟状叶、伞形花安慰他，那些玫红、绛紫、粉绿、珠蓝……抚摩他。不必多，她们三杯两盏淡酒，便教他为之深深沉溺。

对于这场初恋般深长纯稚的热爱，他很久无法放弃，就像我们有时无法放弃叫人难以自持的阅读。

其间区别只有：他"很久"，我们"有时"。

即便为此死去，想来他也并无怨怼：既然有一次一次舍生的充足准备；既然我死了，还有人要活着。记录了，就不会有人再因此而死去。

总有人第一个因此而死去。自我与他者之间总有个公平合理的换算。

死去，这也是获得。

这是这名不解风情的男人的逻辑和哲学。

不合逻辑的逻辑，不够聪明的哲学。

想比较那些汲汲营营、只晓得填满自己的嘴巴，他把四起的危机填满自己的嘴巴，只为了消化掉所有危机。

他把自己误以为了一台不插电的疾病处理机。他太异想天开了。他没有娱乐，没有爱情，没有亲情，没有友情……他在药里，如珠在渊，山沓水匝、树杂云合全不入眼。他把自己活成一台机器。

这台"机器"，他以机器的意志力、吞吐量、节制和清醒，记载了1892 种药物。如若加上他画的 1100 幅药图，再加上他记的 11000 个药方，除以 27 年，再除以 12 个月，是多少？他从呱呱坠地开始起，每天平均要有多少次这样的记载？且算去好了。其中，又有 374 种是他新增加的药物，也就是说，至少，这 374 种是他亲自咬嚼过的——后人中的许多说他懂药，不会每味药都亲自去尝……也许吧。但是，于新药，不去尝，靠摸能摸出个什么来？习药性不是写锦绣文章，不能杜撰。

不光不能杜撰，还要细致：光一个感冒，他找到的能用作配药的就有生石膏、黄芪、苍术、贯众、北柴胡、贝母、藿香、香薷、大青叶、麻黄、灯心草、龙葵、白英、鱼腥草……唉，听听吧，这些笔简墨鲜、朴素优美的汉字，填了经由她们悉心谱出的、山岗山坳仄仄平平高高低低的曲子……如果都算上，那该是植物们一场多么悠扬婉约的盛大叙事。

诸如此类的记载，计 190 万字，分 16 部，合 52 卷，药理医案，坟典传奇，医文相容，各各得愿其所。除此，他还撰下《所馆诗》、《医案》、《脉诀》、《五藏图论》、《三焦客难》、《命门考》……其他10 部医著。一应所有，不蔓不枝，气象深埋，都经由这台"机器"一笔一划敲打输入，打印出来，刻录，流布至今，还将流布下去。

这台"机器"，终究还是不寻常的"机器"，伟大的"机器"：在那部用生命写就的著作里，从男到女，从小到老，他关怀备至，还虚笔写实，实笔写虚，各臻神妙，特异多趣，里里外外遍溢着木屑的鲜味，和屋漏水的清甜——单一个葫芦也给叫出了"悬瓠、蒲卢、茶酒瓠、药壶卢、约腹壶、长瓠、苦壶卢"七样儿不一样的动人呢，说花朵，有史家笔法录生津食谱："腊梅花味甘、微苦、采花炸熟，水浸淘净，油盐调食"；更兼毫不修饰写美容佳品："木犀花气味辛温无毒，同麻油蒸熟，润发及作面脂"，桂花"能养精神，和颜色久服轻身不老，面生光华"；耐心捋，居然还牵出用五言绝句写成的药理说明："七叶一枝花，深山是我家，痈疽如遇我，一似手拈拿。"细细思去，简直作者自况。就这样，每一味药，都自成一个中文系，他是它们的系主任。

想来，他的每一个生日也都是在大山里寂寞地度过吧？没有生日烛，没有生日歌。满坑满谷白发样飘摇的草本木本的花木，可还记得住鸟兽也似、黝黑羸弱的他的生辰？

没错，这台"机器"，他推痈揉疽，力拔千钧，而那样孤寒的苦旅一旦挨过，未及回头，他便累醉在漫天漫地的药香里，深山独眠，沉沉睡去，仿佛没有家。

多想援手过去，给他披件可以挡挡夜露的衣裳。

别了沉戈

——读书笔记之十：浮世浮萍

这是一本很适合秋天读的书。这么说也是体恤阅读者：秋天读比较冷静，不至于像春天，读得人梦魂颠倒。呵呵。因为它太容易让人读得梦魂颠倒啦。

我不想批评《浮生六记》中为人诟病的那些——譬如封建残余，譬如妇女为丈夫纳妾不自尊自强等等。没那个权力，也没那个必要——它有它的好，这就好。我不是女权主义者，充其量是个中庸的女性主义者，强调男女各自守各自性别本分。如此而已。

只喜爱它的气息。棉布或豆腐的气息——既可出客，又可家常，妥妥帖帖铺陈氤氲开来，熏染得我们的生活也变得简约而丰饶，悟性高些的，还可能如新生般重获生命和爱情。

读着它，仿佛胸中有无数飞鸟，破笼而出。

是乾隆年间的旧人旧事了，绮思顽艳，浪游苍幽，离我有点远，如大风吹过，事事了了，可无端地又觉得，那些人事还余着微温，他们——尤其是那个传说一样的芸娘，和她美好的德行，漫漶在我身边，言笑晏晏。《黄帝内经》的四气调神大论中在冬季养生中有这样的论述：使志若伏若匿。就是说像心里揣着个秘密一样地窃喜。读《浮生六记》，就像心里揣着个秘密一样的窃喜——人家的，我的……芸娘，她是多么美丽的一个秘密呀，天下昭彰的秘密，是每一个男人的蜜罐子，和每一个女人的醋坛子——他一心头着蜜，她还不打翻？

她简直是宇宙间不可知的一个神秘，红光闪耀。

她有见识："芸曰古文识高气雄，女子恐难入彀；唯诗一道，妾稍有领悟。余曰：诗之宗将必推李杜，卿爱宗何人？芸发议曰：杜诗锤炼精纯，李诗潇洒落拓。余曰：工部为诗之大成，学者多宗之，卿独取李何也？芸曰：词旨老当，诚杜所擅；但李诗宛如故射仙子，有一种落花流水之趣，令人可爱。"至此不由人不想：夫妇而志同，这是多难得的事情。

学问上还是在其次，他们爱人之间浓浓淡淡的情分，才是最吸引目光的。譬如下面这段，不过几句，平淡若水，竟动人若此：

"芸卸装尚未卧，高烧银烛，低垂粉颈，不知观何书而出神若此。因扶其肩曰：'姊连日辛苦，何犹孜孜不倦也？'芸忙回首起立曰：'顷正欲卧，开橱得此书，不觉阅之忘倦。《西厢》之名闻之熟矣，今始得见，真不愧才子之名，但未免形容尖薄耳。'余笑曰：'唯其才子，笔墨方能尖薄。'伴娘在旁促卧，令其闭门先去。遂与比肩调笑，恍同密友重逢。戏探其怀，亦怦怦作跳。因抚其耳曰：'姊何心春乃尔耶？'芸回眸微笑，便觉一屦情思摇人魂魄。拥之入帐，不知东方之既白。"

女性的羞涩之美，男性的率真之美，佳人才郎唱和之美，结合的欢畅之美，深情的含蓄之美，以及情感的细节之美……都在灿若烟霞、艳而不冶的极美的文字里面悄然深植了。

另有，二人在姑苏城我取轩赏月，不免情思袅袅："宇宙之大，同此一月，不知今日世间，也有如我两人情性否？"一对停住的蛱蝶，两个起兴的诗人，在那样抒情和审美的夜晚，叫人起了天上人间之叹。

其实，夫妇和合，怕不是小的斯文趣味零零星星，散落日常间？即便相熟，也还深情不减，如他所述，缠绵间也似"密友重逢"一样的，是平实安静的诗意人生。记得书里有这样一个情节：已是多年的老夫老妻时，他们在自家走廊里相遇，却也忍不住要悄悄执手一握，低语相问，寒温和爱意……还有呀，谈诗论赋，望月观灯，同拜天孙，偕游沧浪。议佛手茉莉之"近小人远君子"，食臭乳腐之"妾作狗久矣"……诸多妙趣，无不曼妙可人，有时使人忍俊不禁。像这般鸿案相庄的绝配伴侣，平凡相守的日子相看不厌的深浓，实则也是有无限甜蜜的。若得此情，

"布衣菜饭，可乐终身。"哦，这是我们都爱的那个灵气四溢、温柔贤淑的女子说的："垂钓柳阴深处，日落则登土山观夕阳，对晚霞联吟，有月则就月光对酌，意兴欢然"，发出"他年当与君卜筑于此，买绕屋菜园十亩，课仆妪，植瓜蔬，以供薪水。君画我绣，以为诗酒之需。布衣菜饭，可乐终身，不必做远游计也"的笑声。

是啊，得此天缘，还管什么远游不远游呢？他（她）在身边就是胜景无边。

而平常的夫妇间，到底还是平淡如水的多。这不是一个好词组，可是世人多有附会，把平庸当平淡，是家庭奴隶而非主人……略去歆羡，我们不得不承认，三白夫妇的爱是爱人间鲜有的、提纯了的爱，在一起多久，都相看两不厌。至此想起俞平伯在1923年的重印序中的那段肺腑言："……总而言之，中国大多数的家庭的机能，只是穿衣、吃饭、生孩子，以外便是你我相倾轧，明的为争夺，暗的为嫉妒。不肯做家庭奴隶的未必即是天才，但如有天才是决不甘心做家庭奴隶的。《浮生六记》一书，即是表现无数惊涛骇浪相冲击中的一个微波的印痕而已。但即算是轻婉的微波之痕，已足使我们的心灵震荡而怡……"

我们现在能读到残本《浮生六记》，应该感谢苏州独悟庵居士杨醒逋在护龙街冷摊上的一瞥——正是他不经意的一瞥，草莽里识得好大颗的珍珠，立即拂拭了，携回，由他和妹夫王韬分别作序、跋，在东吴大学校刊《雁来红》上刊出。这一下，使这块文学宝贝出土问世，光辉溢彩，温暖人间。外物入心，实在是非常难的事，天下书又极多，居然小小的、仅三万字的《浮生六记》就是其中一件！呵呵，它大不易，我们也大不易呢——得有那水中徒手捉细鱼的本领，一个不小心，它便"扑棱"溜走。

清末改良主义政论家王韬曾肯定《浮生六记》"笔墨之间，缠绵哀感，一往情深"——是的，20几岁得到最初的版本时，芳心一点、抑扬顿挫地读下来，不觉叹息：一点不错，《浮生六记》的确也当得起"一往情深"四个字。哪怕书里没有别的，只有一个芸娘，它也当得起——

它让人性和爱情有了光照。

个人很是珍重这本书，是霸住床头、晚间无事就看了又看的那部分里的一分子。虽然它的年代距今似乎不远不近，但正是这种较之于现代与古典的中间连接，其中的内容才应该有着同古人今人差不许多的、最大众化的值得珍惜的记忆。其实呢，三白是不见史传史诗，志乘不闻其名，卒年模糊无考，且平生寡淡无奇，甘做幕僚，也就是师爷，终究也还算不上一个斯文举子，循规蹈矩，上哪里去立齐家、治国、平天下的大业？然而他虽处困而亨，不以穷达易心，才有了这本书——三白的好也许就在于他奉献给了我们这本书。可是，也许正因为他留下来的诗文不多，所以，这本《浮生六记》便一字一珠，弥足珍贵，成为了"孤本"。这本带着自传、合传性质的长篇纪实散文，笔法上翻尽窠臼，自出手眼，完全不似一般文人写传记那样按部就班、从生到死泛泛而述，而是按专题分别记叙。研究三白散文的徐柏容先生甚至以"可与太史公于编年史外创纪传体写历史堪称媲美"来赞誉。这一赞誉，使这部书在文学史上的地位较之于大牌作家的散文集更有耀眼的意义。当然，现在看，略有点过，但偏爱不妨碍我们对它的喜爱——我们也偏爱它呢。

人的一生，无论哪一个，可歌可泣的零散故事实在也是很多的，分别只在于，有心人缜密刻录，畸零人掠过无痕。在这本书里，我们看到的正是日常离我们最可接近的一种生存状态：情感体贴，心灵共勉。《浮生六记》也许正是三白因洞悉了世俗生命的悲欢而发出的一声浩叹，在他看来，前程和声名都淡若浮云，安心案头，给后人留下这部不乖谬、不反讽、当然更不媚俗、老老实实专记琐屑的不朽之作。"岩前倚仗看云起，松下横琴待鹤归"，从三白存世不多的这一篆联中，或可视作他自己为人的真实写照。就写作而言，如今，我们不乏斑斓影像"精神大餐"的大快朵颐，以及时尚美文"心灵甜点"的细嚼慢咽，但在情感面前，我们尤其钦佩《浮生六记》交代给我们的真实——那清甜滋味，它教人凭空思念。

这本书也许悖经离道，不合时宜，如三白自况："世人皆以载道言志为文，我却独写闺房闲情。"是的，问世间情为何物？永恒的话题多少有些形而上，我们本以为无法抓住，可他却一意孤行为我们记下了可敬可爱的芸娘，成为苍生顾恋，人间体恤。这个体制社会内难得的极品女子，她有才有德，安心尘俗又不同凡响……反复摩挲芸娘的好：在风雨中为爱人打开家门，在黯淡的烛下静静听爱人絮絮言说，还有，爱人最彷徨脆弱的时候给予他的慰安和鼓励，当然，也不能忽略了她"惜枝怜叶，不忍畅剪"的善良、吃粥记、白字缘里的幽默，以至她于宗法社会违常情为夫精心谋妾之事……不，这件事有些过了，但还是教人不能不仰望和愧着。德行从来没有过分，只有体制过分，因此，不去谴责这个温婉不过的弱女子，去鞭笞万恶的封建主义吧。

《浮生六记》的艺术魅力，归根结底，是来自其温柔。那温柔是月的温柔。

写望月的温柔，书里有几处上佳文字：如写中秋之夜于游沧浪亭"走月亮"，那是在他们新婚燕尔时："老仆前导，过石桥，进门，折东曲径而入，叠石成山，林木葱翠。亭在土山之巅，循级至亭心，周望极目可数里，炊烟四起，晚霞灿然"，眼前真是一幅疏淡深远而意境幽雅的水墨画了。又如写苏州南园菜花地饮酒赏花："是时风和日丽，遍地金黄，青衫红袖，越阡度陌，蝶蜂乱飞，令人不饮自醉"……笔笔新鲜，见风骨，显柔媚。

还有另外雅趣："是年七夕，芸设香烛瓜果，同拜天孙于我取轩中。余镌'愿生生世世为夫妇'图章二方，余执朱文，芸执白文，以为往来书信之用。是夜月色颇佳，俯视河中，波光如练，轻罗小扇，并坐水窗，仰见一飞云过天，变态万状。芸曰：'宇宙之大，同此一月，不知今日世间，亦有如我两人之情兴否？'余曰：'纳凉玩月，到处有之。若品论云霞，或求之幽闺绣闼，慧心默证者固亦不少。若夫妇同观，所品论着恐不在此云霞耳。'未几，烛烬月沉，撤果归卧。"

有这样天性温存、懂得把玩好月的人，那月想来也是满怀感激而扯断云裳、遍裸皎皎之身相许于他的吧？倒用不着什么妾。

然而，最有指导意义的，当然还是他于行文中所表达的旷达思想。人言汹汹可畏，礼教巍巍如山，无论封建社会的士大夫还是当今时代的文明人，这种剧饮狂歌似的、坚持自我的社会价值观都不能不说极为难能可贵。现实生活中，如果说无原则顺应是一种合理的生存方式，那么忍气吞声便也必定是一种合情的生命态度。然而，三白和芸娘无惧、有我的个性特征使得他们结婚十二年后因失欢于家长被逐出家门，只好投靠朋友，寄人篱下，以书画针绣勉强维持生活。可敬的是，他们毫不动摇真性。要知道，保持真性是需要勇气的。造物主给万物同样一个结局，人类只不过是在赛道中日益强悍起来。这强悍就在于：人的无所畏惧。

　　我们都会在长极且短的生命中出现极细微的停顿与极渺小的困惑，而在体制范畴里，又到处弥漫着道学的庸俗和虚伪，从所谓官阶和事业上说，三白是平凡的，但平凡的三白和他不平凡的爱人却有勇气和自信拥抱生活，追求爱情，敢于将自己真实的主张倾吐给世界……除了艳羡那样的好爱人，我们因此还尤其尊重了《浮生六记》所贡献给我们的历史意义。

　　如今，我们再难见到这样紫玉一样扎实而宁静的文字。这样的我们！是这样的我们，不知不觉中似乎丢失了什么——我们把很多东西遗失在了十八或十九世纪，或者更遥远年代的列车上。为什么现代人得不到这种宁静？问题在哪里？如何解决？能否解决？或者，事已至此，我们该如何给予全新的面对？这是先知甚至救主的事情。我们好像有点无能为力了。

　　而他们，为了迎合消费者的心理需求，意义的制造者，即商品的生产者，纷纷动用操纵在他们手中的大众媒介的力量，将一道道虚幻的光环投射在劣质商品的头上，将空虚、浅薄、平庸与粗俗——现代人的本真的生存状态，现代工业文明的产物——包装成艳情、矫情、炫富、以无耻为个性等等出售，面目可憎，大众则通过商品的消费，获得了他们缺少与渴望的一切——刺激。在劳动产品被当作商品来出售的年代，像《浮生六记》这样，艳也不够艳、闲也不够闲的安静之物，也就成了我们的遗失之物。加之人们社会地位不稳定，充满了不安全感，人人眼中生钉，不露真情，多见怨气。而在文化领域内，大众毫无个性，缺乏鉴赏力和辨别力，只以买点卖点相应答，造就了圣者不圣俗者不俗、鱼龙混杂难以剥离的混乱局面。大家既生浮世砧板，便作待剖鱼肉，身不由己，随了浪打浮萍，看上去，好像个个都在漩涡里哭泣。可三白和芸娘就是这样，活泼鱼儿一般，跳出水洼，奔向了大海。他们彼此微笑——我的笑容因为你的笑容——畅游在柔、真和善、美之间；他们又都喜欢读经读诗，这温柔的牵引和开启，更添翅膀，超拔、承载他们到那理想之境。

在他们大小两双手协同创建的世界里，有着小小的入口和另外的月亮，干干净净的木棉微风，还有呀，天蓝云白，海清沙细，细沙里沉了兵戈，只存温香软玉，和美丽光芒。

那是个最好的世界。

当阳光照在海面上，我思念它。

夏日取暖

——读书笔记之十一：情书情境

我的你：

哎，既然眼见得七月流火，爱陷于泽，不妨丢开去，清平些，柔软下心地，关小音量，边听听冷冷垂落的水滴一样的肖邦，边扮成一只无人认领的流浪猫，轻手轻脚，脏着胡须，去地下通风口的角落里蜷了，眯了眼，看人鱼公主清晨化成泡沫，看灰姑娘的钟敲 12 点，看雪人融化给单思着的火炉子，看影子一番絮絮叨叨之后不得不起身告别消逝无迹……唉，爱到那样，只有舍己。

看孤单的孩子安徒生，泣哭着歌唱的诗歌《茅屋》——那封情书。

是的，情书，就像他一辈子、一直到死、都把暗恋着的爱人给自己的最后一封藏揣在滚烫左胸的情书一样的情书。它还能是什么？

还有那些小时候读着甜美如蜜的童话，哪里是什么童话哦？分明满纸喟喟，一出出爱的悲剧，爱的诗剧。那些与爱有关的隐忍、不语、节制、牺牲……那些残酷，那些疤，教人在这个夏日，冷得抖，还要不时停下，站起来走走，才能均匀呼吸。他成心的，不给小朋友看懂，让他们跟着他小猪一般只瞅瞅表层哈哈一笑，便飞奔去玩耍。最好那样。

那是更适合成年人午夜深读和掩卷后心湿、恹恹而睡的一类读本。

还有，他自己画的那些画，那张朴茂的、一名农人似的画：一颗心脏，丘比特引弓发出的箭们在它旁边纵横四散，满塞了整个画面……就是没有射中那颗心脏。它旁边小小的字母，标着一个名字：安徒生。

哦，安徒生，这个出生在一张由棺材板拼成的床上、几乎自况的那一篇中"跛脚的孩子"呵……他是生活在十九世纪的一个真真正正的孩子，一生中没有靠近过女人。他独吞了全部霜雪，把那颗本该恋爱的心，捧出来，烧成阿拉丁神灯，温暖人间。

读着，一个戏剧作家的安徒生，一个歌剧演员的安徒生，一个剪纸艺术家（呵呵，看他剪纸，倒大类一名灵性四射、终生居住在陕北或渭南高原上的红脸膛农妇的灶头之作）的安徒生，一个旅行文学家的安徒生……一个诗人的安徒生。写童话其实也远非他的初衷呀……一个在当时偏远、闭塞小城中囚禁的孩子，一个有着复杂、混乱的家族血缘的自卑的孩子，一个有着疯疯癫癫的祖父的孩子，一个诚惶诚恐、生怕自己也会有一天发疯的孩子，渴望关注，渴望富有，渴望爱情，渴望……离开。

离开了，都过去了，如大风呼呼吹过。只有不是初衷的童话不改当初新鲜地留了下来，扬在最亲切的矮枝上，满装了圣水，供我们伸了颈项，轮流轻啜，以解近渴。那样渴！……

哦，还有，还有他的那首风泫雨泪的《茅屋》，如同掏自我们自己滚热苍凉的心窝。忙着吗？请略停停手头工作，让我为你用行楷一点一点，用核桃大的字誊写出来，诵读给你听，或者找来谱子，取下那把挂在墙上一百年的老吉他，只嗫唇吹吹，带着些儿薄尘，就这样小声弹唱给你听，请你来轻轻和着我拍子，别惊扰了人家：

在浪花拍打的海岸上，有一间孤独的小茅屋，它上接天空下连海，它四周全是山和岩，那种景象真荒凉，竟不见草和木。但茅屋里有真情爱，使幸福常在。

这屋里没有金和银，却住着一对有情人，看他们爱得多真诚，那情谊比海深。这茅屋虽然又小又矮，这穷乡僻野没人来，但茅屋里有真情爱，使幸福常在。

……

埋头久了，不觉起了疑问：爱情究竟是种什么样的东西？那样棒的歌、画、诗，又说明白了爱情的几分之几？……怨旷不偶不好，那么，隔着一张太平洋的琴谱的距离，海风南来北去送送那首《茅屋》的音符，之间偶或哼上一段好听的副歌（嗳，插一句：听去吧，副歌一般都比主歌部分要好听100倍呢），似这般同心而离居，是不是就算了一种最理想的际遇？像我们？

嗳，还要告诉你——呵呵，简直不能不告诉——前几日又在公家藏馆看到那样一本新书——诗、画、歌一体的书，一本不可能的书，鱼肠剑一样劈面而来。猛地照面，几乎比安徒生更让人心碎呐。

说起来，它只是画在粗布上的81个笨拙符号，蕴涵了81首情歌的、毛茸茸、原生态、不怎么起眼的一本书，那一直歌唱着的民族手书的另一部又赋、且比、还兴的伟大《诗经》——到惨烈刚强处，还挟汗血呼啸而去，径直奔了《乐府》。

一口气不带喘地，我读完了它，抄了半本，竟起了长叹——哭也不至于。它不怎么悲怆——呵呵，它有时敲起来"当当"的。

天！居然有这等绝世佳人似的物事，掩在深山，自摇曳生姿。它藏在极偏僻和穷困的山凹里，在一名对它的价值浑然不知的农妇手里保存多年——整个村子60多户人家，户户姓农，家家务农，也够奇了。照片上看去，那里的房屋俱是浅黄墙壁，壁低矮处附生着苔藓，鲜绿一片，瓦是灰青瓦，一片连一片，铺排开，反扣屋顶，在大太阳下，像一行行、一部部翻开了晾晒的旧书。各家简易土楼的屋前都延伸出一片竹子搭成的晒台，上面摊着金子样的谷物……它直接是个梦。呃，为什么呀？我们爱某件物事爱狠了，就说他（她、它）是个梦？并愿意跟上他（她、它），去受难？为什么呀？

而眼前这本书啊，竟比梦还要梦幻一些呐——它赋予蓬竹、芭蕉、书桌、同行、骑马、甘蔗、绳子、火鸟……一切事物以灵魂，织织连缀的珍珠也似的一幅壮锦，无比迷人（是的，是迷人：它表义、表音，还可歌吟）的歌书在上面苦壮着，歌着、诗着、图画着、文字着、劳动着、爱情着、不可思议着：

请一起听听它多么动人的歌词吧，为你抄来——可惜你看不到它同样动人的图画、听不到它同样动人的声音（我残损的耳膜也听不到。但我完美的心听得到），你听上一句就不会把它再忘记：

书里第 33 首《紫梅》，女孩试探性提出："双手扶紫梅，巧嘴哄妹心，转脸向妻笑，还骗妹独身"；第 34 首歌《两棵紫梅》，男孩狐疑地反问女孩："妹已有人订，妹八字他拿，哥心好凄凄，枉然交朋友"；在第 45 首《纱条》中女孩又唱道："哥说没有妻，哥妻在百色卖棉，哥妻在剥隘卖糖。她帮哥拿称，坐靠椅数钱，哥妻享富贵"；在第 56 首《木锯》中男孩对应着唱："妹说没有夫，上月哥去见，本月哥相遇，相遇在院边。拿斧做木活，院里满刨花，晒台满锯沫"……

唉，猜测，掩饰，不自信，试探，企图解释，少少的嫉妒，暗自的着急……读得为他们难过，像为我们难过一样。

再读到后面：男孩在第 66 首《房屋》表达了对女孩的爱情："如成情侣咱相爱，藤顶做房也值得；如成情侣咱相伴，树梢做房也乐意。没有饭喝风，没有柴烧糠，永远不相吵……咱俩同生火，火熄咱同吹，火旺咱同笑，相爱乐融融。"之后，他们终于获得了自由而美满的爱情，这真好——女孩在第 67 首《马》中这样唱："今夜星斗亮，金与银同熔，马缰绳相扭，银钮把衣扣，我俩讲相爱，谁个来干涉?"

清浅而不直白，是为文最难的事。一眼睇去，仿佛一马平川，话已说尽，回头再看，却忽然把持不住，意动神摇。而那么纯洁热烈的告白……唉，请你假装没听到，翻过去，就算了。

还有啊，男孩在第 72 首《浮萍》中表露了得到知心爱人的喜悦之情："若得妹为妻，高田埂变矮。旱田变水田……爱你爱不够，赏妹手脚饱。"女孩则在第 73 首《下雪》中相跟上表示了寻到称心先生的喜悦："若得哥为夫，腊月下雪粒，坐晒台也暖，四月虽没米，饭不吃也饱，菜无盐也咸，咱成家心甜。"……

什么都没有了，大地也没有了，只有你和我。是这样的时刻。迷人到对现世形成动摇之力而身在前世，迷人到成了天意……

天，迷人得无可救药。面对如此天意，我们的文字还有什么用？还写作画画作什么用？不如手中笔折三段，去做劈柴，胡乱烧些滚水来，洗今日阅读的羞。

更让人惊心的，却是那个最简单晓畅不过的句子，它居然这样来表现：一个象形的人横着躺倒在地面——一条线代表地面。是死去。它代表的意义是："我爱你。"

原来，"死去"的意思居然是："我爱你"，"我爱你"的意思居然是："死去"。

……哦，死亡——爱情……爱得死去。质朴、缠绵、强烈、勇敢、坐得实又空灵得起……它占全了。

吸引若此。美丽若此。蛮荒蒙昧也不能减少她哪怕一分毫的美。他们是真人，内在圆满，而我们，表情也假假的，心中存的全是一己之私，加之干巴了血肉——都被戕害了。这样的假人、塑料人，文章怎样感天动地？爱又如何入木三分？

喏，哪怕没有过经验，你我看人家——无论中国山村里的坡芽歌书，还是丹麦大海边的安徒生——也都晓得：爱多么美，比这样那样特异美丽的歌唱还要美上一万倍。

爱呀，爱就是互生美好之心啊，就是看到你就像看到花，就是你的坏也是你的好，就是沉默着也可以、但请别离去，就是你的名字是珍珠含在口里、撬也撬不开地、舍不得取出示人炫给人……

爱就是遇见你，就像一面激滟忽然转了沉寂的湖水，开始仔细而认真地生活，开始体会每一处美好的物事，一些细微的关怀和宠溺……假装世上只有自己，和那人相纠结，同了一副心肝同一副肠。

爱有多重要呐，在人生最后的跋涉里，有什么财富可以检点？都只剩了深情的眷念。所以拿破仑在最后时刻喊着"约瑟芬"，他从孤岛上离开，到另一个世界上去找她；而在另外的地点，约瑟芬在最后时刻，同样长号一样地叫着"拿破仑"。他们带着渴望团圆去了……

无论谁都有属于自己的那一份真的爱情吧？兜兜转转，也恺撒的归恺撒，上帝的归上帝，逃不掉。

它在那里——等在那里，常常是等在离我们最远的地方——等你现身。而后，被你森森细细的光芒罩住，像朝云看见太阳。

爱呀，爱就是：我看见了，可就是不说。

我们放下个性，放下固执，放下骄傲，放下尊严（哦，昨夜在你窗外下的那场雨，是在告诉你我有多委屈），原来都是因为放不下一个人，放不下一个你。它那么麻烦，无比麻烦，有时还悲哀，却滋味媚人，让人放弃抵抗。这几乎是宿命。

一时想起《牡丹亭》里的一句话："情不知所起，一往而深。生者可以死，死可以生，生而不可与死，死而不可复生者，皆非情之所至也。"而错失原只是人生寻常，生死也便成了常见的风景。面对爱情，所有神鬼都应该安静敷座，而我，愿意为你俯身，将自己捏成宽口的罍，以盛住你微醺后崩塌的块垒——

在爱的路上，我们在去着，我们又都在留着。去留似乎都由不得自己。爱是无力的。

哦，还是乐观一点吧——也许，只有乐观着，自劝着，才能生出微茫的希望，才能有所持守——也许，此刻我思想的马正带着我穿过某一口年久日深的古井。而你，是不是正在那井畔迷醉地读一本纸张发黄的医书？上面记着许多低矮的、名字好听的草本的药……或许你也可以用它们排出一卷苦苦香香的情书，把我的小名儿隐在其中。

到那时，你拿两片绿的黄的树叶挡着自己的眼睛，和雾霭一样的眼神，从那头走来，我会有些懵，睡袍婆娑，未及睡醒，朦朦胧胧的眼睛会辨不清是谁站在我的面前，谁又在跟我温柔地对话。而我会在你身边待足够久的时间，直到你愿意放弃用快门留住幸福，换另一种天长地久、别样形式的厮守。

你呀，你会轻轻地抬起年轻的手臂，试图划过我的额头、眉眼、鼻尖、嘴唇和下巴的轮廓，像墨线勾勒一幅慢镜头播放着的速写，像铁线篆刻一方起了簌簌粉尘的金石，却终究将犹豫地停住手指。在某个夏末或初秋的夜晚，一定很热，但一定很温暖——哪怕而后别过，再不能相见，哪怕声音，也永听不得。

唉，就这样，你看，我无意中做成了一名古代闺秀，带着细小伤口温暖地幸福着：安静沉着地读书，下棋，习书，作画……很乖地上班、加班，偶尔顽皮翘班，到对面的咖啡馆点一杯清咖……嗒，想到你我总是这样慌张地把词语打翻，泼得一地。它们潮湿地骨碌碌乱滚，香遍每一寸空气。我多么无措，晓得自己只是不敢收拾它们成井然有序时的样子，暗自担心我的秘密和甜蜜不及长大，就被好心地判归夭折。我当然不同意。怎么肯？

因此，不要慌张，不要急。要足够的时间才可以让我完全相信了你的好，以及真诚。还有，让你相信了我的。

如果你愿意，我可以永远像现在一样美丽。

哦，原谅我一直未能启程。我还是个孩子，还能快乐多久——忽然就想起：孩子原本是快乐的，可为什么，成长着成长着，就都纷纷悲伤起来？

不管了。反正是世间的喜悦天真到底嫌少些。

况且，爱情它本来别无他事，不过暂避愁烦、聊以寄身的螺蛳壳子罢了。哪堪期待？因此，看见与看不见，爱与不爱，也差不许多。而要你要我，来去奔忙。

那么，下一刻，就让我跟随亲爱的婉约派老师安徒生，怀揣一册《坡芽歌书》，慢慢地，一路拨一拨碍眼的花枝，踢着叮叮当当的碎石子，也许还踩踩田埂，或马路牙子，顺着河道，或立交桥，溜达着，行太远太远、看着就需要长跑的邮路，去看你——我爱，请记得：在这之前，在温凉的秋季到来之前，在我的

坡芽歌书

头发长到腰间之前，在我出现之前，请你柔静走动，不时劳动，于大树下消汗、休憩……要深度地睡眠，但须浅浅地想念。

好了，好了……就好了……小天鹅（心里却偷偷叫你"我的丑大鸭"呢。呵呵，生气了吧？）。

那一张碟片一遍又一遍在重放。没什么话了。封了信。

饿啦，也有点馋，想去冰箱寻一点宵夜来煮煮。

这边天气已大热。不知你那里如何？

睡了吧。

丑小鸭

6月30日夜21时52分

辑二　无名氏诗歌部分

白云谣

朝代：周

白云在天，丘陵自出。
道里悠远，山川间之。
将子无死，尚复能来？

如果你不死去是否能够重来？

[背景]

一

　　这是一首最老的老情歌——三四千年前，还一直用笨重的青铜器打来打去、人才学会冶铁的时代，西王母送别周穆王时所唱。具体时间搞不太清。比诸子出现、《诗经》出现的春秋还要早，想想吧，该多么老。

　　原本无题，现在这个，《白云谣》，是后人添加的。

　　就应该无题啊——对你的情意，要怎么说？

　　轻声读一遍吧，笨吧？直率吧？傻丫头说傻话——真实诚，真浑厚，真喜欢。读到这些字句的时分是琉璃时分，作者与读者都内外明澈。仿佛早上起来，看到阳光打在叶片上，它们整整一生的好事都被我知晓。

　　只有一个问题，每次在心中默诵时都会涌起，压都压不下来：第二句"丘陵自出"，不押韵，出了什么问题吗？我曾固执地认为，"出"字可能是"之"的错写，小篆中，"出"、"之"二字很相似，双生子，相互之间，经常闹误会，连熟悉它们的人也难免混淆。有一块很有名的、有关唐朝与吐蕃关系的碑刻，有个"之"字，很多人就认成了"出"字。

不过，说"丘陵自之"，古意是有了，诗味却少了一些。还有更好的方案吗？我还在想。

如果真的是"丘陵自之"，好像和"山川间之"有些重复呢……不过好在是上古民歌，要求也不是那么严格。似乎还越走样儿，越动人。

〔宋〕无名氏：《苹果山鸟图》

可古诗里，回环往复用一个字，也是习惯。老人说是复沓。

用"出"呢，搬着先秦前的典籍，仔细查去，也还发现了些道理——《诗经》中，与"出"押韵的字有：诸、卒、述、瘁、流、休等。如：

"日居月诸，东方自出。父兮母兮，畜我不卒。胡能有定？报我不述。（邶风·柏舟）哀哉不能言，匪舌是出，维躬是瘁。哿矣能言，巧言如流，俾躬处休！"（小雅·雨无正）

其中，与"来"押韵的字有：许、藇、羜、父、顾、牡、咎、疚等：

"伐木许许，酾酒有藇！既有肥羜，以速诸父。宁适不来，微我弗顾。"（小雅·伐木）

"于粲洒扫，陈馈八簋。既有肥牡，以速诸舅。宁适不来，微我有咎。"（小雅·伐木）

"匪载匪来，忧心孔疚。斯逝不至，而多为恤。卜筮偕止，会言近止，征夫迩止！"（小雅·杕杜）

"小东大东，杼柚其空。纠纠葛屦，可以履霜。佻佻公子，行彼周行。既往既来，使我心疚。"（小雅·大东）

诸、卒、述、瘁、流、冀、羿、父、顾、牡、咎、疚等在韵母上自可相通，所以在上古音中"出"与"来"是押韵的。而"来"与"之"亦押韵，那么"出"、"之"、"来"在同一首诗中做韵脚，是合理的。

只是仍有个小小的疑问："丘陵自出"是什么意思？毕竟"间"是动词，而"自"不是。再说，西北，青海"花儿"、陕西"信天游"什么的，歌谣开头，都爱用个毫不相干的事物起兴，譬如："天上的沙鸽对对飞，不想我的那阿哥我再想谁"、"米面里数不过豌豆圆，人里头就数妹妹好看"——这里也是吗？说"白云高高飘在天上，丘陵的面影自然显现。你我在这里一旦分别，就行道遥远，隔起了重重河山"……对吗？

而且，用南方某种方言来读的话，就是完全押韵的了，也好听，缓缓的，有一点点的忧伤，像在告诉给大家一座清冷、然而住着爱人的小镇。

嗯，这就解释得通了，完全可以歌之咏之了。

说到歌咏，忽然想起《英伦配》的舞台场景。没错，很多时候，东西方的情感差不许多，尤其在人性真纯，还没遭到阶级分类和工业革命戕害的时候。

这是我看过的，最拙朴、最美的一首情诗，像用一天的大雪，做出来的一个梦。

适合怎样读呢？适合随意读；适合谁读呢？适合风来读。读它其时，应该是中午吧？绿萝一层一层掩着，秋天，响晴的天，屋里有人睡着，就歪在椅背上——椅子旧了，也不肯换，因为没有同样妥帖的新椅子。多么困啊，阳光打在她脸上，从颊移动到了眼睛，她也不醒。书掉在地下，被风一页一页翻着。翻到这一页，它（风）就读这一页。

二

这首诗出自《穆天子传》——"天子觞西王母于瑶池之上，西王母为天子谣，天子答之。"那时，西王母唱给周穆王听的，便是这支《白云谣》。

周穆王的父亲周昭王的时候，"王道微缺"，周昭王南巡，甚至被厌恶他的船工以胶船进献，船到中流，胶液船解，周昭王君臣溺死于汉水，死后也没有发布公告。就在这种尴尬的情势下，周穆王继位。穆王雄才大略，梦想中兴周朝，公元前 10 世纪时，曾乘八骏神车巡游西方，使中原和西域的联系日益密切。《穆天子传》中写道："天子乃遂东南翔行，马也驱千里。至于巨搜氏，巨搜人之妈，乃献白皓之血，以饮天子。"但是他的江山并不稳固，常有外族入侵，烽火不断……西有犬戎，东有东夷，如此等等，总有人，尤其是殷商遗民，觊觎周朝。

当时，周穆王一边四处征伐，一边开始考虑"怀柔"——如果能不战而屈人之兵，自是上上大吉，既保持了帝国的安定团结，又和夷族通融了感情，一举两得，自己也能在历史上留下个以德治国的美名。于是，越过犬戎之地，直接和"西王母之邦"建立同盟，震慑和牵制犬戎；并利用"西王母之邦"的先祖简狄同是商朝先祖的关系，从情感上接近，从封地上厚待殷商遗民。于是，周朝与"西王母之邦"建立了密切的联系，并在周穆王和西王母之间，产生了一段爱情。爱的发生多么奇怪，然而又多么自然，一段冰凉的政治链接，居然有了温暖。

在相爱的一刻，他们彼此想必是早已了解而倾心的吧？是喜悦的吧？像花朵爬满西窗。一方是中原大国权倾天下的父系男王，一方是西陲存国一千多年、神秘的母系女王，英雄美女，惺惺相惜，虽然周穆王时已六十余岁，西王母也未必还明眸善睐——不是的，爱情不是以年纪论的，只要有爱在中间，那男子就是翩翩少年，那女子就是妙龄十八。

周穆王要去见西王母，就叫属下造父替他驾了八匹骏马拉的车子，伯夭作向导，带领了大帮的随从，选了个好日子，从镐京启程动身前去。这八匹骏马的名字是：骅骝、绿耳、赤骥、白牺、渠黄、踽辉、盗骊、山子。它们有的奔跑起来足不践土，有的则比飞鸟还快，有的一个晚上就能跑万里，有的背上还生有翅膀，能在天空飞行……当时所走的路线是从北方转到西方，先越过漳水，经由河宗，在阳纡山见过水神河伯；再经西夏氏、河首，在群玉山见过性情平和温良的帝台；在昆仑山游览过黄帝的宫殿；在赤乌族接受了赤乌人奉献的美女；在黑水封赏了殷勤接待他的长臂国人……然后，八匹骏马拉的车子载着他一直驰向大地的西极，到了太阳进去的崦嵫山，见到了他思慕已久的西王母。按照今天的路线就是从洛阳北行，越太行山，经由河套，然后折而向西。

《古风》说："荒哉周穆王，八骏穷万里，朝发昆仑巅，夕饮瑶池水。"周穆王真可算得是一位大游历家了，他西至瑶池会西王母，其往返行程，在二万五千里左右，经历时间长达两年之久，也真是不易。

穆王西巡来到昆仑，盛赞西王母居处是仙山玉阙，绮景瑰观。甲子这一天，是个大好日子，穆王在西王母之邦作客。第二天是乙丑，日子也很好，雪峰矗立，万松环拥，在碧波之畔，西王母与穆天子把酒叙情。

神也需要爱的吧？王也是。就像史上那个著名的女扮男装的女将军，在某个"大漠孤烟直，长河落日圆"的黄昏之后，也要一圈一圈，放松了胸前缠裹的绑布，无限思绪地为了伙伴入病，为他对镜贴花黄。

那三天的旖旎风光我们可以想象。他们可不像他们的后世子孙那样假正经，什么"非礼勿视，非礼勿听，非礼勿言，非礼勿动"，穆天子和西王母的相爱堂堂正正，身体结合顺理成章，又自然又健康——低头嘿咻，抬头就看见一对眸子。第三天两人分别在即，这一段酬答就是相爱的铁证。

有时觉得，一些文字真的是越古越好。比如这支先秦时代的歌谣，就满满流淌着旺盛的元气，虽然面对的是悲欢离合，却格外清亮豁达，不腻歪，也不矫情。尤其是最后两句："将子无死，尚复能来？"——"如果你不死去，是否能够重来？"莽撞而清澈，用力而无辜——最要命的，是柔情万丈。最真最质朴，最美好，爱情它遮天蔽日。

像什么呢？对了，像盛开的一些大花朵，譬如油菜，粗粝，不香，拿自己当蔬菜。也是要看就看一大片，不适宜单独摘一朵来看的。然而如果有耐心靠得它一近再近，会发现原来每一朵油菜花都是一只蝶，所有十字花科的都是蝶形的。说到十字花科，又连带想起十字绣，当然就又想起那绣娘的手……类似的话董桥已说过了。虽然事实上我的确是想起了那柔白的、女子的手，仿佛从某一丛月光中伸出来。这是要用心相待的细节，潦草不得。它终究还是太过平凡的花朵，只能群居才能显出它们的能量巨大。或许这才是最朴素而平实的生命形态。世间有太多这样平淡而坚韧而丰盈的美，只要你相信，它们便有了坚定不移的力，和灿然出众的美——如你所知，晋以后的诗词大半都是细节胜于整体印象，聪明和斧凿痕迹开始露在外面，这是艺术衰落的现象。这首诗没有语出惊人的句子，然而你觉得它美到不行——二十八个汉字一排列，普通的词语就有了命——撇开具体字句和一切技巧，全靠总体意境取胜，为诗歌的最高境呢。

你看，对于生死这样的大事，那时的人也不过是一语轻轻道出，平和得让人心惊，完全不像后来，对死亡有诸多忌讳，不肯轻易提及，还要代以隐语，以一种虚弱的态度对待，可怜。不要说爱情，就算行刺和报恩，祖先们也将生死看得淡，说得轻，行得正，动不动，"刷"拔出剑就自刎了——你信不过我？好，我死；你怕我留着是个活口？好，我死；你需要我的头做个刺杀的借口？好，我死；我爱你我们却不能在一起……好，我们死。

……

多么迷人。

所以看见百度词条里，关于这句话的译文，我就忍不住笑起来——"祝愿大王您长寿，下次有机会再来做我的客人吧！"还有能比这个译法更糟糕的吗？失尽原句神韵不说，还势利，还不平等，还将好好的境界弄得促狭不堪，叫人想起一些不良场所。

彼时天子答的时间是三年之后。

然而此后穆天子东征南征，三年三年又三年，乃至崩殂，再也没能去过瑶池。

他们相见千年之后，仍有一位李姓的诗人在问："八骏日行三万里，穆王何事不重来？"

是忙吧？因为忙。跟现在的、我们的他又有什么两样？爱情从来不是男人的所有——他偶尔会想念爱人，也说"我心里只有你"，但除了功

081

诗性之美

名，男人们似乎就没长期想过别的。

我一直喜欢简洁而又情深意长的句子，所以读着它，只觉眼底生云，心里有灰尘浮起来，在晴光下静静摇动。这一首诗如同一个旧村落，叫人迷进去，忘记了回返的路。

现代人总爱用十句话重复一个意思，可你看，古人往往用一句话，就涵盖了多重意义。并且这些来自上古的笔墨，总是与上天和大地相连，个人的喜悦与悲伤在这片自然风光里，也随之无限广阔起来，似重又轻，似有还无，宛如春天的花事，应承因缘，来去都能够烂漫无邪。由此，我更加深信，文字类的东西和做人相仿佛：越是初生的，越光亮洁白，越天真；越是长大，反倒会多添一些咋咋呼呼的装饰。

它没有名人推荐，也不用喊喊喳喳的腰封，却明洁耀眼，到了今天。比之物质构成的肉身，来自精神层面的文字显然更具神意。

三

爱情？如今那些，算什么爱情？看看先秦，他们拿出七月份的一个黄金周过着的情人节，那份炽烈和质朴，也就灰心。

七月季风劲吹，麦子入仓，稻谷结穗，田野里，瓜菜满园，村巷里的果树上，桃梨枣杏，也相继可以摘来尝新。大暑之后，三伏已到尾声，南风变得清凉，也许几场雷雨之后，就要进入初秋，大道上的朝露，就会凝成初霜。一轮新月，由七月初三的蛾眉，到七月初七少女的脸，再到七月十五明艳不可方物的一轮满月，点点滴滴的生长变化，都会落入男耕女织的农人眼里。这是除正月元宵、八月中秋之外，他们与月亮最为亲近的一个月，清晨去沟渠上劳作，深夜在稻场上乘凉，晒月亮的时间恐怕比晒太阳还要长。这也是北半球最热的时节，所以至大至阳的太阳光收敛之后，更显明月的清凉与温存。

如此盛大的时节，经过数以千年，甚至是上万年的乡村经验的积淀、传承与改变，以祭礼、巫术、宗教等形式，将先民们灵魂的悸动、情感的宣泄、梦想的交织，交汇成两个节庆，一是"七夕"，一是"七月半"。

七夕牛郎织女银河相会，金风玉露一相逢，度小蜜月，是谓爱。七月半，盂兰盆会，冥府开放，黄泉路上，往世的人回到世间与亲朋故旧相见，是谓死。爱与死的主题，如此紧密地联系在一起，近在咫尺，可感可叹。这也是古来七夕诗繁多的原因吧。

七夕，写起来是好看的字——像单单抽长的柳条，柔软温意；还像髻上的金步摇，在灯火下细袅的摆动。有款款之意，不能靠近。

它不是你以为的"2·14"。你要折了玫瑰去见你的小情人，我也没办法。可是，她不在身边，你也是有理由写出她名字的。在那些笔画上逗留很久，有余香，幽深的踌躇。

"七"在母亲家乡的发音接近于"策"，"虱"的发音接近于"色"。于是顺口溜就很押韵："七月七，洗头虱。"黄昏的时候，井水一桶一桶提上来，女子的笑声里浮满了湿漉漉的香气，明明暗暗。仿佛被风吹斜过去的兰草。

也在葡萄架下明目张胆地窃听被传说了几千年的悄悄话。弦月像眉弯，细淡地停在夜里。不知名的秋虫还要恰到好处地低唱，想起来，总是温静的。

事实上，这两个节日，在佛教与道教还没有深深地影响到我们的精神生活、尚未产生"人的自觉"的魏晋之前，的确是深深地联系在一起的。这样的例子，还有除夕与元宵、寒食与清明。经过人类学家的"还原"，一段笼罩在祭礼与巫术之下的，由男女的交欢与人神的宴会构成的，充满了激情与梦想的时光，会呈现出来，在东方情人节与佛教的法会后面，所掩饰的东亚人类质朴而刚健的童年，显露出它的吉光片羽。

这就大致可以猜测，为什么东方的情人节是七月初七、东方的鬼节是七月十五了。也许因为，这是四季之中，至阳向至阴转换的时刻？这是田野上，繁盛转向荒凉的时刻？在阴阳转换的瞬息，甚至连人间与地府的界限，人与神的界限都变得模糊，因为，人与神，人与鬼，可以互相往来？它需要男人与女人出来，席地幕天，尽人伦之乐，而感应天地，调和阴阳？它需要盛大的祭礼，让人与鬼与神坐在同一张席上，以酒食来宽慰彼此的孤寂？难道说到底，这竟是西王母出巡的时刻，"飘轮送我来，岂复耻尘秽"？

再上溯到《诗经》的时代，也许七月的中上旬，就是两个有婚姻之约的村庄、部落、或者城邑的节日吧？到一个特殊的时辰，就会由年长的妇女，那些祖母们，率领着部落里的女子，渡过作为分界的河流，褰裳涉溱，去与有婚约的部落的男子相会。她们享用着春夏收获的粮食与果实，接受着田园丰收之后的情爱，是那么顺理成章，男方的部落，也因此展开祖先的祭礼，向祖灵进行祭告。田野的耕作告一段落之后，纺织的秋冬之季已经来临，说不定，最初的时刻，她们只能够在男人们的部落里，得到几天的欢好的时光，之后再由年长的妇女率领着，重新渡过河流，返回自己的部落，开始纺织，孕育孩子。也许西王母就是在这样的习俗里，慢慢变成传说中那个狠心的王母娘娘的吧，她用梭子划出了银河，将牛郎和织女由爱欲的狂欢之中唤醒，分别投入到新的劳作之中。

七月浩瀚的星空，贯通在南北的滚滚银河，河东与河西的两颗星，被命名为牛郎织女，大概是在西汉年间，他们被配合成夫妇，由鸟儿搭成的桥梁，每年挑选出七月初七的日子相会，形成完整的传说，可能还要更晚。在此之前，少人知晓，而更为动听的，是一个心眼好的、自己也沉醉爱河的西王母的故事。

是我们这里所遇，最久远和美好的爱情诉说。

[情境]

好吧，来领受吧，那样有福的爱情诉说——

《汲冢古书·穆天子传》载："西王母如人，虎齿，蓬发戴胜，善啸。"大意是：西王母长得很可人，一排小虎牙，头发飘柔，插着漂亮的山鸟羽毛，歌喉很美，善于女高音美声唱法。

拿到如今，这也是个特异的妙人儿。有点像小野豹，有点像小刺玫，有点像那个差不多与她同时期的"埃及艳后"克丽奥佩特拉（也就是差个两百来年吧），并且还没由部落女首领演变为王母娘娘，还没被人乱七八糟尊称为华夏母亲、歌舞之母……就像如今的某些大人物，一被神化，就不可爱了。总之，那时的西王母还正烂漫无邪，爱煞个人。

而他们相会的瑶池湖畔，水草丰美，野牦牛、野驴、棕熊、黄羊、藏羚羊来来往往，"其山万物尽有"，大西北是一个美丽富饶的地方——也真遥远啊，好像在天边。

西王母率数十名仙女乘风辇在半道上迎接。穆王见之整衣伏拜，表敬慕之意，西王母下辇扶起，致欢迎之礼。穆王献上白圭玄璧，五彩锦缎等大批中原特产，西王母则酬以当地瑰宝奇珍。西王母领着穆王游览御花圃——阆风苑和蟠桃园后，又遥望倚天铜柱，俯瞰悬崖瀑布。穆王指着苍松掩映中的玉楼琼阁，拈须赞叹道："登临仙山王阙，凌霞秀气拂面，真乃仙家居处啊！"

这时，瑶池——青海湖畔，盛宴已备，春色无疆，湖水闪闪，西王母请穆王来到碧林堂中，落座于白玉圆桌旁。琪花瑞草与献上的雪水茶，香气混淆。乐声中，云彩飘，蝴蝶飞，鸾歌凤旋，百兽翩跹，女孩子们起舞助兴。西王母与穆王频举青觞畅饮，并即席作歌《白云谣》。她的眼睛对着心上人，长久地，深深凝望。她多么惆怅，如同徐徐退后的花朵。

西王母在歌中问：何日君再来？

几句话，一首长诗。就像花开，就像一无所有，那么纯，那么美。

穆王将随身带的一块白玉为信物，赠予她后，对唱作答：

"余归东土，和治诸夏。

万民平均，吾顾见汝。

比及三年，将复而野。"

面对千里分离的残酷现实，穆王也是离愁满怀，依恋与思念之情，口吻毕肖；可面对西王母鸳梦重温的愿望，穆王显出了帝王的雄才大略："我的使命是治理国土上的百姓，使万民平均，只有到了那时，我才能回来看你，时间大概是三年吧。"

这段宏大叙事是非常残酷的回答，潜台词就是："三年后如果万民仍未平均，你就不要等我了，好自为之吧。倘若你不嫌道远，旅途劳顿，当然也可以来东都洛阳找我啊!"

西王母又对穆王说:

"徂彼西土,爰居其野。

虎豹为群,乌鹊与处。

嘉命不迁,我惟帝女。

彼何世民,又将去子。

吹笙鼓簧,中心翱翔。

世民之子,惟天之望。"

西王母听了周穆王的回答,知道今生相聚无望,于是硬下心肠,一个女人的痴情变回了一位女王的尊严:"我所居住的西土,虽然虎豹为群,乌鹊与处,可我是天帝的女儿,要守住这天帝赐予的土地,不能随便迁移。如今为了你的人民,你又要离开了,虽然吹笙鼓簧,可是我的心却像空了一样,飘飘荡荡,没有定所。你的使命是上天的瞻望,你也好自为之吧。"

至此,两人等于诀别,一别无音。就算芦苇滩一夜白头,也改变不了的宿命。而西王母超出周穆王一倍的歌唱,至今我们还在听着。

没有一马平川的后来。于是,最好的结局,就成了好说好散,加上各自完整不缺的自尊——如果不是这样,而是各自放下王的自尊,相互体谅深情,温柔相求,和温柔答应,结果又会怎样?

唉,自尊这东西,坏了多少应该发生的美事。

原谅好了——想来穆王也是眷恋的吧?但很多时候,神或者王,他们同人间众生一样,身不由己。

据说,次年春天,穆王还派人将江淮贡茶献给西王母。但三年之后才赶回来的使者报告说,他们到昆仑山下已无路可行,攀援上山后不见阁楼,却听到令人恐怖的虎啸,闻到蛟龙的腥气。只好把礼物置于岩石上,祷告而归。对此耿耿于怀的穆王,命人在终南山修了一座万丈的中天台,期待有朝一日在此与王母相会。可是,穆王只有梦中与情人重逢了。他们终其一生,再没相见。

真替他们可惜。上世纪中叶，安阳出土的殷墟甲骨文上还记载，有王后名妇好，还带兵打仗呢。想来同商代接着的周朝前期，周穆王如果什么都不顾虑，娶了西王母，其实也未必就不能夫妇同行同止同劳动，又都很智慧很能干，统一中国，管理一个大国家，还相爱，相钦慕，有柔情。多么好。

西晋时，三乃郡人盗战国魏襄王墓，发现了《穆天子传》竹简。如今连作者都已佚名。

怎么形容这些应答诗呢？我得想想……似乎秋天的黄昏，许多阔大的树叶影子打在一面墙上，被斜过去的光线照着？不，也许如同点了一枚烛火走过某个房间？譬喻得也不完全。或许，更像"嚓嚓"刚打开的石镰，火花碰撞闪亮，气味还散在空中，那种特别干净的片刻？

就是那样的吧？在暗夜里，四野茫茫，大地用最朴素的方式，向无中生有——有了光，点起了一堆火。

这堆火，叫爱情。

[尾声]

一

念诵这首诗的时候，最好是七夕，那良辰好景。哦，就是在我们刚刚讲过的那把椅子上，小睡后，洗脸，梳头，然后坐下来，铺下一张熟宣纸，舌尖润开小楷笔，慢慢慢慢，抄写这些句子，像做抄经的日课。写成了，像一封信的样子，在信的末尾，你珍重地签下某个名字，某个地址，它们掩蔽着所有转弯抹角的一曲阳关。细细索索，年深月久。

当然有酒。而这首诗仿若挂在纸上的紫藤，那样心醉神迷地紫着。恍然香气扑鼻，让人记起陈旧的时光，无由动人。

就这样，你坐在小村的格窗下写信。纸上，一首诗像伸出的一截桂花，在窗外，淡淡地开，小风吹过，就斜下来，敲打一下窗棂。

二

可以为它谱上曲子吧？歌曲《白云谣》，适合采用四分之三拍，似有抒情优美之意，实为悲切伤肤之痛。歌词的第一遍共十四小节：在天蓝湖蓝的自然景色中，展开乐曲的前四小节；紧接着的四小节，是离别中的豁达；后四节，是平静的询问。

歌词要反复两遍：第二遍，情绪逐渐开始升温，情盖过了景，内心的激烈，别离的伤悲——是风乍起，吹皱了一池春水；八小节一气呵成的倾吐，将白云和丘陵的景色、道里和山川的想像转化为内心的挣扎——是春水暖，冰雪融化，奔突直下；终于在最为揪心的"将子无死，尚复能来？"中反复两遍，再加后半句的拖音——是夏日宽展水草上的露珠，团团盈盈，来回滚动，忽然掉了下来；连着六小节的一层高至低，再一层高至低，更一层高至低，情感似一领飞瀑，一层低过一层，直奔而下——是秋风吹过了，水落石出；随后的也是最后的四节，要渐渐恢复平静，要平静——是冰封了严冬，以及死一样的孤寂、思念和绝望，凝聚成了层云，低垂在大地上……如此，才叫人心惊。

《白云谣》，在所有远离的时光中，它顶替大雪，一次次地降生大地，福泽了人类。

在这片大雪中间，生长着不知名的树枝，开着颜色淡淡的花——好吧，我给它命名为"清蟾"。说出这两字后，它们忽然就升起来，绕绕地，在灰色天空上，斜出了好看的姿势。

三千年下，一曲动听，唱得人间无老少。就像新石器时代，人们开始把玉石当作神赐的力量那样，蓄满了浪漫的开始。

乌雀歌

朝代：战国

南山有乌，北山张罗。
乌自高飞，罗当奈何。
乌雀高飞，不乐凤凰。
妾是庶人，不乐宋王。

我若不爱你你是君王又怎样

[背景]

爱情到底是什么？当代人妄图挖掘品藻，总碰得灰头土脸。因为心思不正了，所以一切都跟着歪。世界观决定方法论——到底是真理，放之四海而皆准。

回头去看，两千多年前的那个女子，她额头宽阔心意明澈语声朗朗，叫人羡慕万分——她说，我若不爱你你是君王又怎样？

每一个字都是太阳。她的语调也是太阳。笑容也是。

真是一个非常古老而又不同的过去啊，比我们也没差多少，只是多一团真气而已——

〔宋〕无名氏：《茶花蝴蝶图》

那时的人们，比我们好像物质简陋，饭也有时吃不上，可不管你是干什么的，屠夫或官员，都是诗人，是启示者预言家警戒者和实践者——他们直肠子，没心眼，动不动就拔出刀来，为了一两句知己小话，豁出命来——感天动地、惊天动地的大事情都是平凡人嘻着哈着无所谓即完成。那样一个时代，豪阔大量，而心底温存，具有迷人的综合气质，就像一个像模像样的男人。

每每其时，我都想一个人独自逃离到那个地方，去将生命丰满地舒展开来……然后，无论正无聊地干着什么，脑子里却想着已经变成了另一个人——我愿意这样，在我愿意的时候，让大脑的每一个沟回都挂满了前朝，像吞进一个又一个春天。

这是一个故事——据晋干宝《搜神记》卷十一记载，战国时宋康王的舍人韩凭，娶了美貌的何氏为妻。康王见到了，便把何氏夺为己有。韩凭的愤怒形于颜色，康王便把他囚禁起来，又把他判刑罚为"城旦"（古代刑罚名，一种筑城四年的劳役）。何氏暗中秘密地送信给韩凭，以表达自己的心志，给他带去自己的思念，不幸的是这封书信被康王给截获了。

不过，当这个荒淫的康王打开这封信时，他也感到有些莫名其妙了，只见上边只有三句谜语一样的诗句："其雨淫淫，河大水深，日出当心。"原来聪明的何氏为了避免这首诗落入康王手里，故意采用了只有他们夫妇之间才明白的谜语体，意义非常隐晦，一般人很难读懂。康王给自己的左右看，没有一个看明白的。

最后一个叫苏贺的大臣这样解释说："其雨淫淫，是说心中的哀愁和思念像连绵的淫雨一样无尽无休；河水深深，是说夫妻被拆分两地不能来往无法相会；日出当心，是说自己已抱定必死的信念。"不知这封信最后给没给韩凭，反正不久后，韩凭就自杀了。

何氏听到了丈夫的死讯后，不露声色，暗中把自己的外衣腐蚀了，使它很容易断裂。终于她等到了机会，宋康王一次与她登上高台，何氏纵身跳了下去。宋康王的手下想拉住她，但她的衣服已经腐烂了，没有拉住，何氏就这样跳台而亡——既然无法把握，那么就退出生命。这也是勇者所为吧。在她的衣带上发现了她写给康王的遗书："王利其生，妾利其死，愿以尸骨，赐凭合葬！"（大王希望我活着，我却愿意死去，希望你把我的尸骨与我丈夫的合葬在一起。）

但盛怒之下的康王并没有听从何氏的要求，他下令韩凭的同乡分别埋葬他们，让他们的坟墓遥遥相望。宋康王还幸灾乐祸地说："为了证明你们夫妇是真正相爱不止的，那就让这两个坟墓合起来吧，那我就不再阻止你们了。"让他没想到的是，奇迹真的发生了。不几天，两座坟墓的端头上各长出了两棵大梓树，十天之内就长得一抱粗了；但见这两棵树树干弯曲，互相靠近，根在地下紧紧缠绕，枝在上面密密交错——两个坟墓连在一起了。

更加奇怪的是，树上还有一雌一雄两只鸳鸯栖息，早晚都不离开，交颈悲鸣，凄惨的声音非常感人。宋国人都为这叫声而心碎，于是他们称这种树为"相思树"，"相思"的说法，就从这里开始的。南方人说这种鸳鸯鸟就是韩凭夫妇的精魂化成的。在晋代的时候睢阳有韩凭城，韩妻何氏作的歌谣，直到那时还在往昔或远处闪着微光，发出间断的鸣响，使人在夜里不得安睡。

有时会心里感激——如何将那一份醇厚的情感极致体验最大纯度地保留，不是每个人都可以懂得亲密体验，更不用说记录。直到现在，我们读到这样奇怪的作品，再由此得知某些事情，依然还要为之激动一阵子。就在这个变动不居的现在，这个一切皆有可能一切皆无常形、有情都反作无情的现在。

何氏所作的、至今仍存生命的歌谣，就是这首《乌雀歌》，克制、凝重，舒缓，倾述着一个淡淡的故事，尽力穷形尽相，素朴到把一切情绪都写得自然而然，却分明有情感的潮水暗涌。它不热烈，甚至也没激情和愤怒，带着贵族气的冷调子，然而，中间有颗热核——核弹，爆出蘑菇云。《芥子园画谱》中说："天有云霞，烂然成锦，此天之设色也；地生草树，斐然有章，此地之设色也；人有眉目唇齿，明皓红黑，错陈于面，此人之设色也。"这首诗就是天地人之设色的美好案例——它外皮浅淡而内里浓重，云霞草树，拱明亮大眼雪白牙齿和铮铮然吐出的清凉之声，如此自然天成。一遍遍展开，一遍遍惊艳。

王，在世人的固有经验中，是不可反抗的，因为王的淫威，甚至因为王权的魅力——很多时候，女人爱男人，不全因为身为王的女人的物质享受，还因为那份尊荣——或者说虚荣：权力是男人的配饰。当然，若真成为王的女人，又有另一番的苦处——深宫，一群女人终日无所事事，遂以勾心斗角、争王恩宠为唯一事业，手段残忍，无所不用其极，就不再是女人，而变身极度无聊、压抑、扭曲变态的魂，飘来飘去。三个女人都是一台戏，几十上百个女人在一起，简直灾难大片。前朝官员大臣们明争暗斗，后宫嫔妃们争风吃醋，以此为娱乐，无尽无休。王一人前后周旋，顾此失彼，孤家寡人，是可怜的。

这首诗的作者显然不是那种女人，那种浅薄的爱。而男人和女人的相爱，最好的一种就是仅仅因为对方这个人而被吸引。她的丈夫也是个王，曾经的王，而胜者王侯败者寇，被威逼的这个时刻，其实已经一败涂地，比之一个站台小子也不如，不要说是什么王了。这女人的可贵也在这里。

又是一出爱情悲剧，弱势群体与强权的一次抗争，讨论它的成败已经没有太多的意义。当个体与强权发生冲突时，如果个体不妥协，唯一的一条路就是以死抗争，这种现象不是中国特有的，世界上每一个国家几乎都能找到这样相似的故事。它们像老去的父亲，用粗糙开裂的大手，递给我们一海碗一海碗的河水，叫我们解渴，可我们对它们又了解多少呢？我们看到主人公的她，就看到了自己——每个人的心都需要认同感，孤独需要微笑的抚慰。虽然大多数时候我们感觉到聚处仍如索居，同行益成孤往，各如置身莽苍大原。

问世间情为何物？直教生死相许！情不知所起，一往而情深，生者可以死、死可以生，生而不可以死、死而不可复生者，皆非情之至也。死生契阔，与子成说。而人类的情感又是何其复杂微妙，"我欲将心向明月，奈何明月照沟渠。"不可说，不可说，一说就是错。

坚贞不渝的爱情是人人羡慕的，尽管它离我们所在的时代越来越远，但在人们内心的深处都希望自己和爱人，对爱情认真起来——一对一的深爱，最幸福，都希望自己的爱情是强权霸占不到，金钱收买不了，叫我们的心，一口气醉上一百年……要那样，一个梦，有力，瑰丽，支撑我们平日里纷乱沉重的生活，就像在秋风中，低头见到明黄花朵，四处伸手，向着大地，内心怎能不柔软——那种太阳般的花瓣之光，瞬间可以照到手心里。

[情境]

所有的写作都可视为阴性写作，因为写作是一个打开、接纳、怀孕、生殖的过程，只有通过母体才能完成。这个"口"不大，小、细，如桃花源"初极狭，才通人"的入口，之后才别有通天。老子说过"玄牝之门，谓之天下根。"任何一个人都由男女两种血液复合，比例、倾向决定了天赋。积极乐观的女子对傍晚的衰竭与月光的多疑不会敏感，只有被微暗之火隐约触痛的灵魂，才被允许在语言现实中再经历一种生活，或另一次生命。就像高明的歌者，最高境界当然是用灵魂歌唱。

以爱情为题材的诗歌就更是如此。女子们同世界的关系链接，是爱情。爱情在古代的中原和边疆，一定也如同在土地里长熟了的农作物，温柔敦厚地开上一季又一季，直铺到天尽头。而时常侵袭着我们的，置身于天地之悠悠的时间场中的虚无感，在爱情的春光中，丰足的色彩光影里，有了安抚。

爱情唯其有它的专一性和纯洁性，才珍贵。我不为什么，就为喜欢你。不为财富不为名气，就为了爱。除此，生命在此刻没有任何意义——意义没有意义，爱就是意义。

鸟儿和爱情，和爱情的不幸，和爱情的坚贞不渝……到底有着怎样神秘的宿命关联？或者她那种飞翔之态类似于心灵的飞翔？远去的迷茫、落下的轻灵，带走和带来的欢喜忧伤……是差不多的吗？我们不清楚。

可是你看，这又是一首从鸟儿起首开唱的歌子。

一个人一年可以看见多少次鸟儿？一辈子又可以看见多少次鸟儿？那些有着翅膀的小东西，并不轻易叫我们看见。可是我们在诗歌里，时时看见它们。这是我们的幸运。鸟儿天然地带有诗性。我们不常看见它们，但我们少不得它们的鸣唱和跳动。

还是一定要这样凄厉开篇啊？招魂一样？

一定要。

她说啊，她说，南山上有只鸟儿，北山张开了罗……美好的事物似乎总有个大大的罗网在等着捕捉。

罗张开血盆大口，鸟儿开口，却不是哀号——她以自己鲜活生命的终止，告诉那个统治者：

我们是双宿双飞的乌雀，不羡慕凤凰高贵的生活；我是个普通百姓，不接受你宋王的恩宠。

就这么几个字，然而就是宣言，宣布着一件重大的事情，嗓子也劈裂了，暗哑，低沉，像洒下一把一把碎掉的银子。这就是弱者对强者的反动，这就是一个女子在失去一切之后、硕果仅存的尊严，用水晶排列而成，看着干净，摸着冰冷，然而……如果你也曾爱过，就会知道，它的核心是冰化后的春天的云彩，带着绿色的、直扑入心的气息，可以浮起一对红嘴长颈相互梳理羽毛、一个死掉一个就不再活着的天鹅。

好简单！却是如此的知易行难！去拥抱或是被拥抱一样可贵，如此壮大和胸无尺度的一句话，让她整个人也辽阔起来，铺展开，成了大地。有了这句话，爱情就没有老这回事。而叫我们知道：如果这世上有一种至宝级的人物，一定是因为品格。

大家知道较之本篇所处时代稍早一些的春秋时期，有个息夫人的故事——息夫人原名陈妫，是春秋时期陈国国君的女儿。息夫人目如秋水，面若桃花；丽如芙蓉，雅若蕙兰。她和姐姐都是当时妇孺皆知的大美人。她使三个国家兵祸相接，其中两个国家分崩离析。尽管有人称她为"祸水"，后世却始终把她当作主宰桃花的神仙祭拜，所以又称"桃花夫人"。春秋时代的诸侯国，见于经传的约有一百七十多个，各自为政，互相攻伐兼并，中原一带，更是扰攘不安；自从晋国与楚国"城濮之战"以后，形成南北两大壁垒，其余小国不是依晋，就是附楚，端赖强国的保护而生存，稍有不同之处，随时都有玉石俱焚的灾祸降临。息夫人的丈夫是个硬骨头，不想做人家门下走狗，结果被楚文王一撸到底，降为楚国都城的守门小吏，息国灭亡，息夫人被楚文王强娶为妻——她甚至为楚文王生了两个皇子。然而……爱情不是生孩子。

不可以讨厌这个弱女子吧，强力太强，她无法自己消灭自己，便只有忍受屈从。但强力再强，也终有做不到的事情——她始终是反抗的，并且是胜利的——她反抗的方法很别致，始终不与楚文王说话。你可以占有我的身体，但我的心你却无法占有，也就是说，你得不到爱！

关于她三年不语，后来时年二十岁的王维曾经写过一首《息夫人》："莫以今时宠，能忘旧时恩。看花满眼泪，不共楚王言。"这就是弱者的坚持，也就是爱的坚持。爱竟是以这种方式无敌的，以之为内容的诗歌也因此才有了光华。

这女子的故事不让你泪下不算完——传说她终于有机会得见亲夫：一个秋天的晚上，楚文王兴高采烈地出城打猎，预计两三天后才能回宫。她趁机悄悄地跑到城门处私会丈夫。两人见面，恍同隔世，互诉衷肠之后，朝城墙撞去，息侯阻拦不及，大恸，为报答妻子深情，也撞死在城下。

从对这件事的处理来看，楚文王倒也是个好样的：他打猎回来，听说了这件事，神伤不已，有感于二人的深情，竟也以诸侯之礼将息侯与息夫人合葬在汉阳城外的桃花山上。后人在山麓建祠，四时奉祀，称为"桃花夫人庙"，至今仍为汉阳的名胜之一。

湘南的草木已历经了无数寒暑，那些曾经打马看花的岁月，在两个人的时光里，回过头去回望，恍惚得如一场太美的梦，在梦里，他们曾相爱。而今，两人坟头的草枯草黄，令人迟疑是否真的身历过那样的往事。楚文王，那些贴身侍卫，对阵的敌人，以及两国的人民，无不相次死去。不知在那昏晦的地府，他们可否认得在世间曾经的爱人。在那里，在此刻，爱或者不爱，还会是一件伤筋动骨的大事吗？

关于息夫人的死，唐代诗人杜牧途经汉阳时，曾到庙中凭吊，题诗道："细腰宫里露桃新，脉脉无言度几春；毕竟息亡缘底事，可怜金谷坠楼人。息亡身入楚王家，回看春风一面花。感旧不言常掩泪，只应翻恨有荣华。"

在干宝的《搜神记》卷十六里，还记载了另一个凄怨悲伤的爱情故事：吴王夫差有一个小女儿名叫紫玉，年纪八岁，"才貌俱佳"，与十九岁的、有道术的童子韩重自由恋了爱，二人私自交换信件，互定终身。韩重再去齐、鲁游学之前，让其父母去向吴王求婚，这种行为本身就很惊世骇俗了，结果可想而知。吴王大怒，不许他们交往，一气之下，紫玉自杀，一出悲剧就此酿成，吴王把她葬在了"阊门之外"。三年后，韩重回来，知道了这个悲剧，便悲伤的带上祭品去墓前吊唁。这时候紫玉的灵魂从墓里游移出来，含泪对韩重说："你走的时候，让你的父母去父王处提亲，你认为一定会成功的；没想到，我们离别之后，再也不能相见，命运怎么对我们如此不公平！"于是这个美丽幽怨的灵魂就唱了类似的一首歌，原作音律、词章已不可考，可明确得知的是：这首歌谣一共二十句，其前四句竟然与《乌雀歌》的前半部分完全相同！叫读诗的这一刻变成无法分辨的瞬间——是那时，是那时，还是此刻？……是她在唱？还是一个隐蔽到纵深之处的群体——她们？相传的紫玉的这件事甚至发生的比韩凭妻的事还要早，可见这个歌谣当时在那个时代已经广为传诵，它已经融化到民间的血脉里了，成了这种悲切故事的一个通用符号。

它们都在唱着：南山、北山，天上地下……南山的鸟呀，多么的幸福自由呀，那是属于它的天空，它快乐地生活在自己的世界里，沉醉于自己编制的窝里；但北山已然布满了罗网，那个下网的人高坐宝座上，以不捕到这只鸟绝不罢手的决心，在等待自己的收获。显然这只鸟儿无路可逃了、无处藏身了，因为它的家就在这里，它的伴侣就在这里。"鸟自高飞"，不是要离开这里，而是以另一种方式永远留在这里，是要以自己的生命为代价去做最后的抗争：我要死去！你的那些罗网还有意义吗？

不但没有意义，而且没有任何价值，它只能使那个高高在上的统治者，无奈地承认自己的失败，承认自己有一种东西无法得到。王的权威，在这里受到了挑战，失去了作用；爱，打败了一切，走向了永生。

女诗人以这样的一个轻蔑，比专制者更像专制者，将自身的统治加强到悍气四溢，又用举重若轻的声线、语气和句式表现出来。那是一种怎样的汉语啊，简要、稚拙、坚定，贯彻着一种新的节奏，腼腆，高傲，爱意内敛，如同青春。

韩凭因为自己的妻子被康王霸占了，没有办法再找回来，自杀死亡了；何氏因为自己的丈夫不在了，也以生命为代价追随而去。这样的故事是茫茫黑夜里的一个蔷薇色的梦，总是能够叫人热泪盈眶，善良的人们总是会被一次次感动，尽管他们无法阻止那些事的曾经发生——他们甚至庆幸，曾经有那样的事在与我们脚下没移动半步的同一块土地上发生过。它们睁着一双双明亮眼睛，向着这边打望。

[尾声]

在现在性泛滥、说道德就被人耻笑为傻子、人的伦理观严重扭曲的时代里，这首读来有孤寂感的《乌雀歌》能给我们带来些什么呢？这不应该是个疑问。它从一条路而来，虽然现在已经没有了这条路。但显然，路还在某处潜伏，稍一惊蛰，便以飞龙之势飞在天空。

什么都变形了——我们用忧郁来愤怒，用愤怒来忧郁，用爱情诠释背叛，用背叛说着爱情……谁还配瞥玫瑰一眼！而卑怯畏缩势利贪图安逸平安，则是我们最理直气壮的天赋，我们从来不缺骂娘的人、怨天尤人的人，也不缺破坏和以建设的名义破坏的人（包括用镐头和用笔破坏的人）——缺的是发现和赞美的人；什么都在败坏，包括食物，和我们腿下面的脚。然而，败坏最厉害的就是人心了——这是败坏之源，也是败坏的最终——心脏不再跳动的那一刻。对理想的无能为力，对自身命运的难以掌握，对历史的失忆和健忘，对现实的妥协和强颜欢笑，对明天和未来的不确定性，对极权生活的怀疑和一再拖延……构成了我们一生的创伤性记忆，也构成了我们原谅自己的借口。

唉，就说我们女人吧，有谁，还能在某一刻，同心脏不再跳动差不多同样重要的那一刻，用男人般的勇气唱起：我若不爱你你就是君王又怎样?!

我们服侍了我们爱人之外的男人。

我们不是罪人，但……谁说的?

诗人端严的声音像大河咆哮，在我们缩起脖子混迹人群里闭口不唱的时候。每一个都变成了时代的同谋。逃大造，出尘网，几人能为?

唱起来吧，唱起来，唱起这首歌，其实就等于了向我们的爱人忏悔——除了真正的荡妇和邪恶之徒，有谁会拒绝忏悔呢?

孤儿行

朝代：汉

孤儿生，

孤子遇生，

命独当苦。

父母在时，

乘坚车，

驾驷马。

父母已去，

兄嫂令我行贾。

南到九江，

东到齐与鲁。

腊月来归，

不敢自言苦。

头多虮虱，

面目多尘土。

大兄言办饭，

大嫂言视马。

上高堂，

行取殿下堂。

孤儿泪下如雨。

使我朝行汲，

暮得水来归。

手为错，

足下无菲。

怆怆履霜，

中多蒺藜。

拔断蒺藜肠肉中，

怆欲悲。

泪下渫渫，

清涕累累。

冬无复襦，

夏无单衣。

居生不乐，

不如早去，

下从地下黄泉。

春气动，

草萌芽。

三月蚕桑，

六月收瓜。

将是瓜车，

来到还家。

瓜车反覆。

助我者少，

啖瓜者多。

愿还我蒂，

兄与嫂严。

独且急归，

当兴校计。

乱曰：

里中一何诡诡，

愿欲寄尺书，

将与地下父母，

兄嫂难与久居。

我活不下去只好寄一封信与地下

[背景]

有时，我会瞎想一些朝代的样子，譬如唐朝，就是一个雍容的贵妇，清朝，是个先清俊后清瘦的小媳妇儿，而汉……西汉自然是条汉子，军汉，浓眉大眼的，身材一级棒，东汉……东汉乱七八糟的，不能说贼眉鼠眼，坏蛋样儿，也差不多是个在大街上闲逛的小混混，趁火打劫的那一种。

直觉，这一个，来自东汉。述说一个孤儿，受兄嫂奴役，苦得活不下去。所写虽然是一个家庭问题，同时也反映了当时奴婢的生活。这首诗的产地是九江之北、齐鲁之西，该是河南境内。

唉，又有多少证据，能说明，别的朝代就不能出现这样的情况？想想农民工留在老家的孩子们吧，他们孤单，思念，没有父母亲情的呵护……

历史还真是任人打扮的小姑娘。这样一转念，就觉得，诗歌出在西汉也未可知。反正是汉朝，文字还质朴得一塌糊涂的古典年代。

原来，在哪个朝代都有孤儿，一千两千年不断头地，将苦难当早餐吞下肚去。我看不见这一首，不知道这个道理。

孤儿活生生站在我们面前，平时劳作不语、鼓皮般绷紧的小嘴里，说出了一些话，凄苦的话，无奈的话，教人心疼的话，像雨水和果实一样，哗啦啦自然落地；书也使得这些汉字还是那么新鲜，像它们刚落地时一样。唉，我们怎么能不喜爱读书呢？一拿起书，就得到了一张出入任何朝代、任何地区的通行证，边走边瞧，看遍风光，什么都跑不了，还能伸头到每个人物的内心，做成一个穿隐身衣的偷窥者。在阅读者这里，没有遥远的地方，没有不认识的人，也看到那些人其实就是自己居

〔宋〕无名氏：《出水芙蓉图》

住在大地上的自己的影子。你知道，我们都被母亲狠狠爱过之后，再狠狠甩下。最慈爱也就是最狠心，最幸福也就是最不幸，最……也就是最……。都一样。

我认识了这个孤儿。他是我那一世的兄弟。他就是我们中的任何一个。

孤儿苦，比我没娘的人还苦十分吧？母亲走后我觉得这世界只剩下我一个人了，而我一位失去父亲的朋友戴梅海先生说，父亲走后，他的感觉是：身后门窗大开，朔风刺骨。

我想烙菜饼，不知道怎么调馅，没法问母亲了。我的朋友说，他有困扰他的工作难题，再也没处问。

我们成了半个孤儿。

孤儿会有我们双重的苦受。因为，带他来这个世界、抱着他、把扶着走第一步路的人，都离去了。孤，就是一个的意思——只剩下了一个。

要是成了家，另过了，还好得多——半路，有个岔道上来的人，渐渐顶替了他们，照拂，相跟，多少会有所依傍。要是还小，还单着，另有兄嫂……尤其是有嫂，会怎样呢？

倒不是特别怕孤孤单单、辛苦成长，特别怕有兄嫂。

历史是已经过去的生活。在中国，这么大的一个国家，这么长的历史，基层民众的生活却往往被排斥在文人写作的视野之外。因此，所谓的很多盛世，譬如康乾盛世，都是白粉遮过了的，就算明主也有着许多力不从心的难堪——靠一人之英明，终究难撼千年的帝国旧基，也合旧体制一般情势之常。然而史家若不能全面照顾社会各界、各层次人的生存状态，疏忽了体制操作以及社会实在的复杂性，不能直接触摸与理解民众的生活感受，就会误导后世全信了书本。而历史再现——譬如历史剧——又往往是残缺不全的，甚至有不少虚假的成分。

叫人有安慰的是，还有这么一批不多的、直接来自底层的作者，他们记录下了真实的生活。

是的，这些作品，它们很不完美，譬如这一首，不集中，多少有点罗列现实，而主次不分算是缺陷，可是，那份真挚无可挑剔。挑剔是罪过。

[情境]

想象一下吧，想这个男孩是可怜的万卡，就是俄罗斯文学中的那个经典人物，契诃夫写的。他和他多么相似！他们也彼此为不同世代里的兄弟吗？

契诃夫是怎样一位作家？柏林曾经告诉帕斯捷尔纳克说："阿赫玛托娃曾经对我说她无法理解为什么会推崇契诃夫。他的世界完全是灰暗的，从未闪耀过阳光，没有刀光剑影，一切都被可怕的灰雾所笼罩，契诃夫的世界就是一潭泥沼，悲惨的人物深陷其中，无依无靠……"高尔基也曾说，读契诃夫的作品，就好比是在"一个悒郁的晚秋的日子里面"，"一切都是奇怪的，孤寂的。"说作者的心灵就像"秋天的太阳一样"，用一种残酷无情的光，照亮了"那些热闹的路，曲折的街，狭小龌龊的房屋。"

是，"灰暗的"，"从未闪耀过阳光"，"一潭泥沼"，"悲惨的人物"，"无依无靠"，"奇怪"，"孤寂"，"秋天的阳光一样"……一点都不错，他们肤色不同，性格不同，可能还完全相反呢，可都是抹一把酸泪的小家伙，在某个好不容易闲下来的当儿，给自己的亲人写信，诉苦，有一点小撒娇，更重要的，是祈求搭救。只不过万卡写给乡下的爷爷，他写给地下的父母。

至此，想起张岱两则小品文，一则写美丽的艺妓王月生，一则写丑陋的说书人柳麻子。以世人的目光绝对不可能将他们联想在一起，而偏这个神明天性的张岱居然将二人紧密联系一起。他写王月生：赞其"寒淡如孤梅冷月"。用一件事勾勒王月生的性情："有公子狎之，同寝食者半月，不得其一言。一日开口嗫嚅动，闲客惊喜走报公子曰：月生开言矣！哄然以为祥瑞，急走伺之，面，寻又止，公子力请再三，塞涩出二字曰：家去。他写柳麻子：长相"黧黑"，满脸"疤，貌奇丑"。"然其口角波俏，眼目流利，衣服恬静，直与王月生同其婉娈"。

"婉娈"一词将一美一丑两个性别不同、什么都不大相同的人连在了一起。所谓婉娈释义为：美貌、缠绵；缱绻，委婉含蓄。嗳，这人看事看物当真毒辣，可以忽略外形，而直接解其人之魂灵，洞其心性，入了狐禅境。

我们没有那么悬殊——这里的中国孤儿，与俄罗斯民族的孤儿万卡，不管有多少不同，其实也有着更多的神似，同着一颗魂灵，并同着一个时刻——

万卡写：

"亲爱的爷爷：……我没爹没娘，只剩下您一个亲人了。"

他写："我是孤儿，偶然生到世上来，偏我命苦。……我想寄一封信，给你们，地下的父母。"

万卡写："昨天我挨了一顿打，老板揪着我的头发，把我拉到院子里。……上个星期，老板娘叫我收拾一条青鱼，我从青鱼尾巴上收拾起，她就拿青鱼的尾巴戳到我脸上来……"

他写："哥哥和嫂嫂就叫我去贩卖东西，南到九江，北到齐鲁，腊月才回来，不敢说苦。"

汉朝社会商人地位低，当时的商贾有些就是富贵人家的奴仆。兄嫂命他做贩卖的商人，是将他当奴仆驱使。九江，即今安徽省寿县；东汉治陵阴，在今安徽省定远县西北。齐西汉有齐郡，东汉为齐国，约有今山东省东部及东北部地。即使今天看来，这个范围也够大的。

万卡写："……吃食是什么也没有……至于茶啦，白菜汤啦，只有老板和老板娘才大喝而特喝。他们叫我睡在过道里，他们的小娃娃一哭，我就根本不能睡觉，一股劲儿摇摇篮。"

他写："我头上很多虮子虱子，脸上很多尘土，嫂嫂叫我烧饭，我就跑向殿上高堂；哥哥叫我去喂马，我就跑向殿下之堂，就这么上下奔走，不得安歇，皮肤也皴裂了。"

万卡想起以前的好时光："祖父总是到树林里去给老爷家砍圣诞树，带着孙子一起去。那种时候可真是快活啊！……祖父把砍倒的云杉拖回老爷家里，大家就一起动手装点它……"忙得最起劲的是万卡喜爱的奥莉加小姐，她给他糖果吃，有事没事教他念书、写字……可是等到她一死，孤儿万卡就给送到仆人的厨房去跟祖父住在一起，后来又从厨房给送到莫斯科的靴匠阿里亚兴的铺子里来了……"

他也想起一些幸福的影子："父母在时，我乘坐的是牢固的大车，驾大马——驾的是四匹大马呢。"也就是这些了，对不对？还不如万卡。或许，因为年纪太小，记忆是这么的模糊，不过一个很小的小细节，还是男孩子最喜欢的车和马。就像女孩子们——我们也曾经是女孩子——想起童年，记得最清楚的，是自己最喜欢的那个长辫子、圆裙子的布娃娃。

可是，回忆越美现实越破败不是吗？眼前的一切都叫人泄气：

万卡写："亲爱的爷爷，发发上帝那样的慈悲，带着我离开这儿，回到村子里去吧，我再也熬不下去了……我给你叩头了，我会永远为你祷告上帝，带着我离开这儿吧，不然我就要死了……亲爱的爷爷，我再也熬不下去，简直只有死路一条了。我本想跑回村子，可又没有靴子，我怕冷……"

他写："我泪下如雨。他们叫我早上汲水，晚上也打水，我的手上长了疮疤，脚底下连双草鞋都没有。我悲伤地走着路，踩在霜上，中间有许多的蒺藜，扎透了我胫骨后的皮肉。我朝外拔刺，却不料断在了肉里。我心里更加难过了，眼泪和鼻涕流淌不止。我冬天没有短夹袄，夏天没有单衣，生不如死，还不如追随父母你们，早早死去。"

孩子们总是颠三倒四，一阵子想起这个，一阵子又想起那个，但总之，是越来越失望和绝望了。他们像个絮絮叨叨的老太婆，恐惧身边，向往远方；恐惧当下，向往以往。他们再三再四地诉求着：

万卡写："……这儿人人都打我，我饿得要命，气闷得没法说，老是哭。前几天老板用鞋楦头打我，把我打得昏倒在地，好不容易才活过来。我的生活苦透了，比狗都不如……"

他写："春天来，地气动了，草发芽了，我的苦日子更苦了。三月我侍弄蚕桑，六月，兄嫂又差我去贩卖瓜，反正不让我闲着一点。我拉着一车的瓜回家，却怎想，车翻了，瓜散了一地。抢瓜吃的人多，帮我捡拾的少。我没办法阻止人家吃瓜，只好苦求，请人家将吃过的瓜蒂还给我，我好回家后好给兄嫂交代，以证明我的清白，免掉毒打。他们太严格了，会十分计较，我得赶紧回去，要不就不得了了……"

万卡写："亲爱的爷爷，你快来吧，我求你看在基督和上帝的份上，你可怜我这个不幸的孤儿吧……"

最后一句是："亲爱的爷爷，你来吧。"

他写："我还未到家，已听到兄嫂在里中叫骂，我怕极了，又想死了。多么难捱啊，这日子。"

最后一句是："我愿意寄一封信，给地下的父母，兄嫂难容我，恐怕不能久居了。"

其实他想说的也是："亲爱的爸爸妈妈，你们快来吧（来接我走）。"

万卡总归还有个活着的爷爷，所以，到底还没有想着会死去。契诃夫在小说最后写到："他抱着美好的希望定下心来，过了一个钟头，就睡熟了……在梦中，他看见一个炉灶。祖父耷拉着一双光脚，给厨娘们念信……泥鳅在旁边走来走去，摇着尾巴……"

我往世的兄弟——或我往世的孩子，我们的孩子啊，他想来想去，一心想着死，死了好，只有死了好——让地下的父母带走，到黄泉，在那里团聚。

我们的孩子啊，他也想象那团聚的欢乐吗？"他抱着美好的希望定下心来，过了一个钟头，就睡熟了……在梦中，他看见一个房子。父亲在窗台下，给母亲念信……他乘过的大马在院子里吃着草，打着响鼻……"

整首诗就是一句箫声，海风腥湿，河气森茫。

[尾声]

乐府古辞的这种杂言体，一般以五句、七句为主，间杂以长短不同的各种句式。

乐府的曲调在音乐上往往分为若干段落，每一段落称为"解"，"解"是指音乐曲调上的一个反复。"解"，一般用小字注明在歌辞段落的下边。有的乐府曲调除了正曲本身之外，还有所谓"艳"、"趋"、"乱"等部分。"艳"在正曲的前边；"趋"或"乱"在正曲的后边。但有些乐府古辞虽注明，前有艳曲，后有趋或乱，但艳曲并无辞，趋或乱也未加记录，有些则明确注明。最后的四句是乱辞。"乱"，是音乐的最后一段，可能是合唱。"乱"、"趋"位于全曲之后，故又称"送声"。在乐调上可能属于鼓乐合奏或合唱。但这一般只有"大曲"才有。这些分析无一字无来历，看得出古人造字绝无虚妄。

乐府诗原既属于配调的歌诗，因此，在最初记录歌辞时，往往把声即乐调中的衬声也用某些文字写下来，这种声、辞合写的现象，加之流传的讹误，给后来理解乐府诗带来了一定的困难。你看这一首最后转得就有些突然。

汉代文学的主流是文人创作，文人创作的主流是辞赋。乐府民歌作为民间的创作，是非主流的存在。它与文人文学虽有一致的地方，但更多不一致之处。譬如它所用的汉字更一个萝卜一个坑，不易谋篇，却更自成片段，气也更是，像被拍了 X 光片，魂魄顿现。因此，字诗者可以不拜缙绅文化，民歌不可以不拜。这种非主流的民间创作，以其强大的生命力逐渐影响了文人的创作——我们一见之下就忘不了了，那孤儿强烈的心愿，和他完全失去希望的呼喊。

这样的作品，大都散佚，美如闪电掠过。但就算残存的，还是有相当的数量，可见民间的创造力有多盛。读到这些底层的呼喊，就觉得句子里的那些人都在下着雨，就想给美国自由女神像的那段话配上音乐，唱到几千年去，给他（她）遮一下："给我疲惫者 / 给我穷人 / 给我那富裕海岸抛弃的可怜虫 / 给我吧，那些无家可归者，那些屡战屡败者 / 我高举火炬站在黄金之门迎接你。"

妇病行

妇病连年累岁，
传呼丈人前一言。
当言未及得言，
不知泪下一何翩翩。
"属累君两三孤子，
莫我儿饥且寒！
有过慎莫笪笞：
行当折摇，
思复念之！"
乱曰：
抱时无衣，
襦复无里。
闭门塞牖，
舍孤儿到市。
道逢亲交，
泣坐不能起。
从乞求与孤买饵，
对交啼泣，
泪不可止。
"我欲不伤悲，
不能已！"

探怀中钱持授交。

入门见孤儿啼，

索其母抱。

徘徊空舍中，

"行复尔耳，

弃置勿复道！"

我想要忍住眼泪可不能忍住悲伤

[背景]

落花是某些女子的名字。那些女子没有名字——活着没有，死了也没有。

于是，我们喊她们落花。落花，落花，落花啊……每唤一声，就是一瓣芬芳，当然更是一瓣掉落。就像桃花被月光打湿，静静地落。这是某种姿态，而不仅仅是一个名字。是可以用来温柔相待的词语，帘外落尽，世事寂寂。

世间最好听的声音，是那些具有落花质地的声音。温情，伤感，动人，牵心。一句一句递来时，一如某日推开一扇门，那里是绝美的光线，照耀俗世。

她们说话，就是花在落，是清朝纸上潇湘馆里，那位著名女才子唱的"花谢花飞花满天，红消香断有谁怜"——这个歌子是她的落；是汉朝纸上茅草屋里，一位无名女才子唱的"属累君两三孤子，莫我儿饥且寒！"——这个歌子是她的落。

她们唱着唱着，还没到结尾，就落了——她唱："宝玉，你好……"；她唱："……"唉，她唱"孩儿啊，我死了你们还能活多久……"是的，她没有这么唱，这是我替她唱的一句。她没有力气唱出来了，我来替她唱。

这些歌子是女子们的落。是贫病无依的落。是人间苦难的落。那里

〔宋〕无名氏：《荷花图》

依然存在着古老朝代里、而今已失传的方言。

诗中写一个妇人久病不起，临终前再三嘱咐丈夫要好好养育孩子，不要打骂他们，可是她死了以后，孩子们无衣无食。父亲到市上去乞讨，碰到熟人，同情地给了他几个钱。回到家，见小孩子不懂母亲已经死了，还一个劲地哭着要母亲抱。这是最普通人的最普通的生活，又是充满苦难与辛酸的生活。这样的诗，是过去从来没有过的。诗中那位母亲临终之际对自己的孩子死不瞑目的牵挂，真可催人泪下。

作为诗，这些句子是简朴以至简陋的，失控，故障，没有规矩，很像是一团坏字，写恼了揉皱了扔进纸篓，又不甘心捡回来，就团在那里，没有被展开读一遍的意思。但它们如此简陋地立在那里，像月光伸出一只手，披荆斩棘，以 3D 效果伸到我们面前，让我们看清了什么叫做悲伤。

所有文体都需要阅读的快感。否则再庞大再深厚的主义都将得不到最好的稀释，阅读是再创造，这个无可怀疑。

原来它像一本唱词，有韵有张有弛，字字吐出光芒。或者如一条接一条的皱纹，除了说明它主人的悲伤之外，好像实在证明不了时间的属性与质变——好像比身边人事更切近我们。

就这样，我眼睛不刹车一下，一路滑下去，不知会滑到什么深山老林里去。起风了，风尘仆仆，风吹草动，风马牛不相及，风起云涌。

我敲着这些字时，就有二胡从电脑里长长地拉出来，缓折的声音里有一种不时与人相会的忧愁，像某一天忽然路过一丛怒放的野菊，是一种不知所措、不晓妥放的力量。

看不清面目的女子们，在这场特意为她们而吹的大风里，兀自消失，也慢慢出现。

[情境]

这首诗里有两个主人公：男主人公：落魄，深情，无奈，绝望。女主人公：垂死，温柔，不甘，牵挂。

两个人或许都有饮泣，却从没有过放声哭喊。这首诗也是如此。

故事其实很简单，诗的前九句写病妇临终时对丈夫的嘱咐，后面的，则是剩下的丈夫带领孩子们的苦况。打动我们的，是细节。在几乎所有的文学作品里，打动我们的，几乎全部是细节。

临终，就是等待死亡。等待死亡对一个人进行最后的宣判，是极宁静无声也是极轻而易举的，内心复杂，极断念、极脆弱，也极牵挂、极坚强。

这个即将离世的妇人，那一刻，她内心有多复杂？我们不知道。我们看到，她看起来有多断念和脆弱，就有多牵挂和坚强。

首二句"妇病连年累岁，传呼丈人前一言"，从病妇方面落墨，直接进入叙事——病妇久病不愈，自知将不久于人世，所以她要把丈夫叫到床前，留下临终遗言了。

这件事起首就叫人无限悲伤。未及开篇已不堪，下面，还要怎样？

—— 一只眼，水从当中缓缓流出：

"当言未及得言，不知泪下一何翩翩"，病妇还没有来得及开口，已是潸然泪下，泣不成声了。这几句酿足气氛，先声夺人，一呼一吸之间已有生死藏埋。

"一何"，从杜甫那里，我们知道，是"多么"的意思——"吏呼一何怒，妇啼一何苦！"他多么怒，她多么苦，透过这两个字，都看见了。它有自己的语感和独特的诗歌节奏，如同静默山峰里的农舍，纯净、朴素、直接而又简单。而我们也从那"翩翩"的长调中，已然痛到病妇内心的痛——多么多、多么汹涌纷飞的泪水啊。此刻，你可以看得见她眼中忧伤潦生，像四月之尾。

但她悄焉动容、魂里梦里也放不下的，又是什么呢？

至此，诗人笔锋从诀别的凄惨场面，转入诀别的悲切言辞，近乎低低的哀告，其实也是大声的呼喊，比大声呼喊还要大声的呼喊——如果她还有气力发出那样的声音的话："属累君两三孤子，莫我儿饥且寒，有过慎莫笪笞，行当折摇，思复念之！"

"属累"，拖累的意思。"笪笞"，指的是捶打。"行当"，将要。"折摇"，即夭折。她说啊：夫君，夫君，连累你要自己带着两三个孤儿朝前走了，（对不起了），可是……你别叫我儿饿着冻着，如果他们有过失千万别打他们，（看在我的面上），我就要死了，可还是惦记着他们（和你），放心不下……

读完五句，你难道不会难过？

其中"累"字，并含有将入幽冥的自伤，以及拖累夫君的歉疚。平平写来，凄然欲绝。"饥"字、"寒"字，虽指来日，而往日的饥寒，也可以想见。其下，"行当"二字，更见得长期贫苦的生活，孤儿已是极为虚弱，倘再使其饥而且寒，他们也很快就会夭折的啊！这一切，自然在病妇心中留下了深刻的创伤，永诀之时，便交织成忧虑与惊恐，发而为嘱托之辞了。两个"莫"字的紧承，语气之强烈、专注，直如命令；而在这迫切请求之下，又可看到深情的绝望流动。即将经受幽显隔绝、无缘重见之苦，也就愈加系念留在人间的年幼的儿女。

"思复念之"，唠叨再三，更将殷殷瞩望之情溢于言表。一个人临终之时，什么都可放下，唯独自己的孩子委实难割难舍。一个再也无力照料、护卫孩子的母亲，一个终日勤苦而终于贫病的劳动妇女，字字是泪，滴下来。

她就这样合上了眼睛，头发散得到处都是。

她的破烂的鞋子停在地上，将永不被使用。她加上她的鞋子，如同三片冬天的枯叶。

病妇死后，家境如何？"乱曰"以下，从病妇丈夫方面落笔，先在我们面前展现出一幅饥寒交迫的悲惨画图：房间静得像一口水井，只有风从屋顶上呼呼地刮过，一切都飘飞起来，沉在水中，无所依傍；仿佛一些轻质的东西被遗落在路上，再被风吹走；又仿佛一只兔子，被虎狼掏去了内脏。

父亲想抱孩子上市觅食，却找不到长衣，唯有的短衣又是单的，岂能御寒？只得起意关门堵窗，留儿在家，独自上市。

可以想见，这样的时刻：午后向黄昏轻微移动，反衬着窗外的白雪光，越过窗台的光线变得遥远而不真实——那窗子，像一只巨大的眼睛，朝向悲伤的屋子望。井然有序的时辰也变得若即若离，而无法肯定，高高低低做着梦。这个破衣不能遮蔽瘦弱股骨的男人，木然坐在窗前，这一会儿的时间，他的头发染上了雪。

他的脑中也飘下纷乱的雪，它们寂静堆积，填满了大脑沟回，不能够思索。像睡去了，同着他的女人，与他度过新婚的初夜、生过了几个孩子、有过羞涩浅笑和妩媚欢笑的女人。

世界虚弱而摇摆，如一只巨大的摇篮。一切微笑，花朵开满，近乎幸福了。

在这"幸福"里，他几乎想同着他的女人——他的在自己的无能养家的无怨里死去的女人，一起走掉——去到一条升腾着烟的河流中，或干脆，就借助于一条汲水用的绳索。

孩子们的哭声却将他唤醒。活下去虽然无比艰难，但，他死不得！……他没有权利死。

他"呜"地哭了一声。也仅仅是一声吧。他没有权利哭。

"抱时无衣，襦复无里"句，就寒而言，直笔写穷，已穷到了极致。

母亲生前无使饥寒的愿望，已经落空一半，而另一半呢？也未必见妙。

"闭门塞牖，舍孤儿到市"，关门堵窗，或可挡风避寒，也许，还想着防止禽兽伤害孩子吧？母爱由言语泄出，诀别之辞何等切切；父爱则由行动导出，关切之情何等拳拳！着一"舍"字，父亲那欲离不忍、欲携不得、忧郁徘徊、悲伤绝望的动态心态和盘托出。铁门的锁在日晒雨淋中已经锈迹斑斑，落锁时带着艰难的磨合，发出模糊不清、苍老的声音，有着由牙根延展到上腭的疼痛。

满院的荒芜。多么小的一个院子。枣树的叶子已经落尽，铁硬的枯枝刺向天空，而天空，再蓝的天空也毫无生气。柴草垛因为几天没有动烟火而垂头丧气，叠拥在那里。

又可以想见，他撇下刚亡的妻子、未亡的孩子，饿着肚子走在街上，看着在房与房的空隙间，一轮红红白白的什么东西，梦游在远远的山峦上，却没有光，就这样昏黄的、带着恍然的冷漠，那太阳，它居高临下而孤单！

说着"舍"，实为不舍，实出无奈，下文因而逗出："道逢亲交，泣坐不能起。从乞求与孤儿买饵"，男人掏出仅有的一点钱，求人为儿买糕饼，是想节约时间，赶紧弄一点吃食，尽快抽身回家伴儿——那些可怜的孩子，个个饥肠辘辘，又刚刚失去母亲。这又从侧面暗示了不"舍"。一般说来，男儿有泪不轻弹，而这个男人路遇亲友，由于太过悲伤，说不出话，竟呜咽不止，久坐不起……若非伤心至甚，安能如此！

忽然想到沈从文晚年在记者采访时，因提及文革被摧残的痛处，忽然抱住记者呜咽的事。谁说当众流泪不止是件可耻的事情呢？真性情的人，有过切肤苦难的人，他们给了我们一份最诚实的感动。

这更让我相信了：诗歌的创作者就是诗中那父亲本人——非本人，怎能绘事如此逼真！靠观察或体验生活，到不了这个层层剥开才可以显露的细节。是个噩梦吧？至此，作者和我们，都仿佛掉入一个孤独的、不敢确认的梦境。天大的灾祸顷刻灭顶。

回读"对交涕泣，泪不可止"二句，可知，两人对话极少，极吃力，一定是每个字都形影单只。一唱三叹，将悲伤之情，更进一层。怜念子女、自伤孤子、悼怀亡妻，诸多情结，尽在一把辛酸泪中。

"我欲不伤悲不能已"，主妇一死，留下弱儿女一堆，冷屋子凉炕，连个对泣的人都没有了。对一个家庭来说，是梁崩柱摧，怎能不涕泪俱下、肝肠寸断呢？悲伤已，却以"欲不伤悲"逼出"不能已"的本旨，一抑一扬，诗意翻跌，纡曲难伸。

"泪不可止"，"我欲不伤悲不能已"，"不"，"不"，要怎样却不能怎样，这样的句式我们难道在古汉语中见得很多吗？一个人，穷，苦，难，孤单，难受、无依……我们听的见的也多了，难道，比这个人更穷，更苦，更难，更孤单，更难受、更无依的，我们难道见过了很多吗？

所以，每每读至此，我都像死去了一样。

我知道，这不仅仅是为了那个妇人或男人，还有，还有啊——那些孩子。

孩子们会怎样呢？唉，唉，我"泪不可止"，"我欲不伤悲不能已"！……

"探怀中钱持授交"为此段结束句，由哭诉悲伤转为乞友买饵，一句之中连续三个动作，宛然可感：那父亲"怀中钱"的温热气息，"探"的困顿，"持"的沉痛，以及"授"的郑重。

父亲道逢亲交，涕泪未尽，匆匆赶回家中，所见又是什么呢？"入门见孤儿，啼索其母抱"。父泣子啼，雪上加霜，读之触目惊心。此中之"啼"，缘于饥，缘于寒，也缘于思母吧？

哦，是不是还有奇怪——咦，妈妈为什么躺在那里，好半天不动啦？或许，还有害怕：怎么了？到底是怎么了？妈妈她为什么哭喊也不动、摇也不动了？爸爸呢？爸爸去了哪里？要多久才能回来？……

这是大孩子的惊惧疑虑，隐隐的不测感和难以掩饰的伤痛。那么，小孩子呢？小孩子什么都还不知道呢，不知道难过、害怕、问询和寻找。这当然是更悲伤的悲伤。

一个"索"字，将孩子们号啕四顾、牵衣顿足、急要母亲的神态活画出。

"徘徊空舍中"句，既写出了父亲疾首蹙额、徒呼苍天的凄惶之态，也反映了室内饥寒交迫，家徒四壁的样貌。"空"啊，空在无食无物无衣避寒，也空在无母无妻无人操持这个家了。儿啼屋空，由听觉而视觉，将悲剧气氛烘托得浓而又浓。

末句突然一转，向苍天发出"行复尔耳，弃置勿复道"的绝望呼叫，戛然结束全文，从此，一切如月光下的睡眠，静了下来，再无声响。

"行"，将也，"复"，又也。"尔"，那样。此句的意思是：孩子的命运将同妈妈相似，还是抛开这一切，别再提了！

你愿意把它读成男人心里的悲哀，行；读成他对着孩子们的愤然大叫、吓住了孩子们的哭声也不是不可以。

何其凄切。

其实，"行复尔耳"的结局，父亲未喊出，我们已然可从诗中描写的场面中得出了。而"弃置勿复道"句，更是抚今思昔，百感交集，"勿复道"，正是道而无用、言而愈悲的缘故。从"对交啼泣"，向亲友哭诉，到最后的欲说还休，气结难言，令人产生更有深悲一万重之感受，好像好好的蓝天空，给刷上了一层灰油漆。

全诗至此，大幕急落，黯然收束，忧伤得都要流出二胡曲来。

结局如何？前已有病妇托孤、父求买饵、孤儿索母这一幕幕经过充分酝酿的情节，后已有"行复尔耳"的悲号，答案尽在其中，无须作者再拉开帷布了。"把棺木抬出来，让送葬者进来……繁星已经无用，把它们熄灭吧，收起月亮，掩盖骄阳，把海水抽干，把林木扫掉，从今以后，世上再无美事……"可以想见，这是这个家庭后来常见的情境。

生命总有两极，苦与乐，悲与喜，爱与恨，清与浊，动与静，真与假，轻与重，冷与热，做爱与死去，阵痛与娩出……许许多多。徘徊在哪个极端的锋口侧端，都不是一件好事——甚至，它们倒是一回事。所以，我看到大欢乐，同看到大悲苦一样；就像看到这里的最失意，和看到那里的最得意一样——看看吧，看看吧，看看烈火烹油，看看锦绣成堆，看看就要烈火烹油烧了锦绣成堆……

　　一样。

　　唉，安静下来吧，安静地说话，让每一个字像树叶飘离树干一样自然，不急不躁；安静地读书，在冬日暖阳的窗里，为浮躁的灵魂洗尘；安静地想象，像孩童般遨游在自由的王国里；安静地走路，像走向冬天终于觅到食的鸟雀……安静下来，我们就看到了一切，就大悲悯。也许一个人最好的样子就是静一点。

　　就定下心来，用心甘情愿的态度，过随遇而安的生活，就活在这里，也活在了那里。

　　唉，我在这里读它，四周悲喜丛生——一楼，一户人家的男主人患了癌，女主人在院子里纵横交错地，牵了一条一条晾衣绳，晾满了择洗干净的马齿苋……那好像是个民间的方子。我从窗口望见她在阳光里，植物一样安详，阳光好像专为马齿苋暴晒着，充足有力气；二楼有户人家的男孩子玩网游玩到疯，他父亲打他的声音像在用刑一样，整个楼都听到皮带抽在孩子身上的声音，可是后来大家听到的却是父亲的哭声，那声音多么凄切，以至于，他全身只剩下了泪水。

　　蟋蟀的声音一样，国槐的落英一样，那些爱啊恨啊的陌生人事，从来没有停止过一秒。机器时代、完全不同的妇人啊、男人啊孩子啊，叫我想起那首诗，欲罢不能。

　　这首乐府古诗属《相和歌辞·瑟调曲》。诗歌通过托孤、买饵和索母几个细节，描写了一个穷苦人家的悲惨遭遇，他们的语言、行为、动态、心态，皆如一出短剧。作者不着一字说明，也没什么文采，却自具一种冲动之力，如十字镐砸向冬天的地面。在此之下，人物个性毕现，悲剧主题自生，写来沉重，真切动人，这正是汉乐府"感于哀乐，缘事而发"的现实主义特色的突出表现。

《诗经》中这种诗为数甚少，在大量的四言体诗中，显得很不起眼，而且就是杂言体的诗，句式的变化也较小。楚辞中的多数作品，句式也不是整齐划一的，但总是有些规则，大体上以五、六、七言句为主。汉乐府民歌则不然，它的杂言体诗完全是自由灵活的，爱怎么写就怎么写，一篇之中从一二字到十来字的都有。应该说，民歌的作者，只是按照内容的需要写诗，并不是有意要写成这样，也就是说，并不是有意要创造一种新的诗型。但它的杂言形式，确实有一种特殊的美感，和艺术表现上的灵活生动之便。所以到了鲍照等诗人，就开始有意识地使用乐府的杂言体，以追求一定的效果；到了李白们手中，更把杂言体的妙处发挥到极致。于是，杂言也就成为中国古诗的一种常见类型。

汉朝在历史的长河中是很短暂的一部分。但在历史大背景下，汉朝的文化达到了另一个高峰。它创造了空前的文化成就和艺术氛围。同时也浓笔重墨地描绘了一个时代的轮廓，也是一个时代发展轨迹和经历风风雨雨的一面镜子，汉乐府就是其文化的一部分，但它的艺术成就远高于前人并得以进一步发展——其在中国文学史上的最大贡献，是推动了叙事诗的形成。这是个了不起的事。

十五从军征

朝代：东汉

十五从军征，八十始得归。

道逢乡里人："家中有阿谁？"

"遥看是君家，松柏冢累累。"

兔从狗窦入，雉从梁上飞。

中庭生旅谷，井上生旅葵。

舂谷持作饭，采葵持作羹。

羹饭一时熟，不知贻阿谁。

出门东向看，泪落沾我衣。

大雨下个不停人在雨中站立

[背景]

一切都忍住不说，只说白头归来。

十五岁，到八十岁，中间的这段时间，他什么都不说。

十五岁之前，拥有什么？

我们来看——

有慈母和严父（或慈父和严母。难道有区别吗）；

有铁环、陀螺和小伙伴；

有池塘里的裸泳，以及因此而受的父母的责打；

有完全属于自己的时间；

有笑声，有打架；

有放的羊、偷的果子和蜜蜂蜇头；

……

八十岁呢？有什么？

有满口的无牙；

有死掉的父母；

有或许也死去了的老伴；

有无力的胳臂、弯掉的背脊；

有孝顺或不孝顺的孩子；

有咳嗽；

有寂寞；

……

八十岁，其实就是"没有"。

而我们的主人公（也许还是写作者），他的归来的八十岁，连这个"没有"也没有。

他从天而落，好像一个火星人。他似乎没有履历，没有历史，没有任何。

一面是六十五年的从军生涯，苦苦思乡；一面是家中多少天灾人祸，亲人一一凋零，面对空落落的庭园房舍和一座座坟墓，人生的苦难，社会的黑暗，乃至更多人的同样遭遇，尽在其中了。这首仅十六句的诗不仅涵量大，而且写得从容舒缓，毫不局促。

写一个十五从军、八十始归的老人，千辛万苦回到家乡，却再无亲人，目之所及，尽皆分叉、错乱、悲伤、丧气，好像在翻阅一部《山海经》，或梦着了一个博尔赫斯的梦。孤苦无助的人在人间，告诉给我们，活着的奥义。这种生活事实从来就存在，而且后来也长期存在下去。在汉乐府民歌中，它第一次被具体而深入地反映出来，显示了中国文学一个极大的进步。

汉代社会，经过初年短暂的休养生息以后，经济获得了恢复和发展，武帝时达到了昌盛时期。但是，这种经济繁荣对广大劳动人民来说，没有得到什么好处，相反，统治阶级凭借较雄厚的经济实力，穷兵黩武，对外长期进行战争，国内又大兴土木，人民受到的奴役和剥削都是很残酷的。武帝晚年，社会上就呈现出动荡不安的景象。直到东汉末年，这期间人民暴动、起义在许多地方不时发生，彼伏此起，统治阶级为了镇压人民的反抗，大肆征集兵员，延长服役时间。连年的战祸，

〔宋〕无名氏：《荷蟹图》

带来的是家破人亡，土地荒芜，乐府诗中有不少的篇幅反映了这方面的情况。《十五从军征》就是其中突出的一篇。它明白如话，千年之后，不懂诗的人都能看懂。它美在质地上，跟诗的本质很接近。这是最好的那类诗了。

[情境]

正因为"十五"从军，"八十"才回到家乡，几乎是终身服役。所以，我们足可想象他在这漫长的六十五年间所经历的一切——一个一直在军队的人，一个一直动荡不已的年代，是要杀人的，也一定多次险些被杀。在冷兵器时代铁器和铁器乒乓碰撞的刺激下，他的心早已被杀得冰冷，而渴望温暖了——"杀"这个动词的破坏力最广大的地方就是在心里，是杀者自己的心。关键就是心——当人杀着什么时，心里的刀子飞出来，在第四度空间霍霍飞舞，把时间杀得遍体鳞伤千疮百孔，把空间杀得魂飞魄散直脚飞奔，时间受伤了，空间逃走了，剩下的，是心上一派荒凉。杀人不是杀别人，杀人就是杀自己。

他将自己"杀"得只剩一口气的时候，夺路而逃，回家来找温暖了。

诗的开头写道："十五从军征，八十始得归。"奔赴何处，未作说明；其军旅生活如何，战况怎样，也均未交代，看似平淡无奇，像不经意间道来，却暗含热泪，一口气提着，全身戒备——明确的信息是：诗中的主人公服兵役竟达六十五年之久，其间再没回来！历时之长，骇人听闻。从"十五"到"八十"，主人公的青春误了，身体衰了，与父母亲恩缘分绝了，并一切信息都不再知道了！……

其间多少辛酸苦楚，足以写几十万乃至几百万字。这漫长的岁月想起来也令人后怕，读了这句诗，我们似乎看到了十五岁的主人公从军时的一张稚气的脸，那八十岁归来时的满脸皱纹，雪白的眉发，瘦骨嶙峋、颤颤巍巍的身影。一个"始"字，充满了主人公对命运的痛恨，刻着对自己还能幸存于世的似悲似喜的感慨。

戎马生涯中，或枕戈待旦，或衔枚疾走，沙场鏖战，出生入死，流了多少血，吃了多少苦，受了多少委屈，都不必想，一个"征"字抹掉算了。老兵最牵心挂肚的，是数十年与家人失去联系，家里到底怎么样了。所以，才急切地想知道家中的情况，于是，这也就极其自然地引出下文——老兵在归乡途中与乡里人的对话——跟那首有名的宋朝诗人写下的句子里描述得一样，他虽然"不敢问来人"，因为"近乡情更怯"；可因为太牵挂太思念，还是亟不可待地问了，最想知道的，就是这件事，于是劈头就问："家中有阿谁？"推出了作品的聚光点——家。

老兵终于见到了乡里人，心中自然百感交集，他知道家里人不可能全在，但又希望不致全部死绝——六十五年了，岂敢奢望家人安然无恙、亲人健在？能有一二幸存者已是不幸中的万幸了。所以他只问，家中还有谁侥幸残留人世呢？

这时，六十五年前家中亲人的模糊面容一定在他脑子里闪现，而这些面容多么亲切又多么陌生。这句话里有痛苦的回忆，有不安的推测，还有一线希望，有一闪即逝的喜悦。这句诗，把主人公的心理活动刻画得多么逼真。

"遥望是君家"，乡里人没有正面回答主人公急于知道的事情，而是答非所问。人们是多么不愿意去刺伤主人公破碎的心啊。人们知道，对于主人公来说，就是虚假的安慰即使多存在一分钟，也是难得的啊。

然而又不能尽数瞒住，那到时候看到更是沉重的打击，于是无奈还要点一点："松柏冢累累。"

就是"没有什么了"。话语婉转，然而依然是一盆兜头浇下的冷水，乡里人也冒着面前人倒下去的危险。这"乡里人"显然也是个老的，是小时候的伙伴吗？难得一大把年纪仍活着的熟人？

"不敢问来人"那首诗反映其在久别家乡之后、返乡途中的矛盾心理，与此诗笔法有别，甚至相反，表达的东西内里却是没有丝毫分别的——那是曲笔写其返乡途中想了解家中情况的迫切愿望，而此诗则是直言之。都矛盾，都不得不问，都不怎么敢问——总还要问！……只是这个更迫切，因为更失望，结果也可能更绝望！因为是"少小离家老大回"！

像不像思念一个人呢？看见了他（她）的朋友，想提起他（她），不怎么好意思；可不提起他（她），心里翻江倒海，最后总还是拐弯抹角似乎无意泄露了他（她）的名字。或者从头到尾没能仔细询问他（她）的消息，事后后悔得恨不得擂自己一拳……其间的复杂婉转，如出一辙。

归根结底，一个归乡的人，是需要安慰的，就像我们每个人的心都需要时常归归乡一样，需要认同感——孤独需要微笑的抚慰，伤口更是如此——虽然大多数时候我们感觉到聚处仍如索居，同行益成孤往，各如置身莽莽大原。

看过一帧国外摄影，是二战时期士兵归来，叫做《士兵的眼泪》——他身着迷彩服，身背疲惫的背包，一双大手，搂定爱人和孩子——孩子露出稚嫩小脸，爱人只有背影，头脸埋在他的肩窝——想必在哭泣，身体也许在微微颤抖。他们在他的怀抱里。士兵脸色黧黑，神情复杂，眼里流出泪水。以往很多的恐惧、无助、疼痛、忍耐、孤独……都有了着落。

　　唉，一个沉默的坚果，在钳子下渐渐碎裂。这些不好的词语出现在我的笔下，真是没办法的事。谁不希望永远都是爱和仁慈？只是婆娑世界太诡异，事物都是成双成对，有阳就有阴，有雄就有雌，就像有白天就会有黑夜有太阳就会有月亮，有爱必然会有恨，有生必然要有死……而战争的罪恶就在于，让"死"这个比"生"还要庄严神秘的人生大礼，来得轻松便宜，近似侮辱，而之后的活着，有如苟生。

　　我们的老兵，连《士兵的眼泪》里那样的终于团聚也没有，他没有着落，因此孤独是彻头彻尾的孤独。他一腔热望心急腿慢地归乡，却不料将自己置身在了莽莽大原，下着停不了的雨——那样一个接一个的打击不是雨吗？忧伤像一种在心底发酵的细菌，阳光一晒就会慢慢跑掉，如果一直在雨天，难免会在潮湿中演变成内里结构，让整个人发了霉。

　　这个"雨人"，他茫然无措地经受着生活的沉重和无常，不知道哪里出了问题才导致如此。

　　物质，财产，它们只能被支配和计算，不足以依赖；青春，美，它们随时都在消逝，无论用多少代价去试图存留和挽回；爱情，有过吗？对于这十五出征的人？对于我们每一个无所适从的生命来说，就算这世间至美不过的爱情，也只不过是消遣寂寞的方法之一种，况且，也只有相遇刹那还不错，之后的暧昧、相处、纠缠、分散都伴随着痛苦。究竟是没有什么持续不坏的，被我们真正拥有？我想不出来。

　　对于他则更是如此。他本来也没有多少什么，可就算如此，他的一切，尽数败坏掉。像一个巨大的树洞，整个的躯干，全部被锈蚀空了。这是一种"前存在"的状态，人如同婴儿，受苦的婴儿；能做的，唯有用文字捕捉和确定事实——当福楼拜如此这般地为现代小说家确立工作基准时，他也有力地界定了现代生活的基本状态：拒绝阐释、无可阐释，没有上帝、没有邻里、没有参照的无数孤岛上，生活着不识字的鲁滨逊，书写的唯一可能就在于陈述事实、照亮沉默，让前存在的疼痛和呻吟成为对存在的召唤。

一层丝一层茧，我们被句子拖拉进它的镜头，与他一起，纠缠翻覆，混成了一体——世界只有一个，看世界的角度、方式、层次却有万千，将人们带入自己世界的人便是大师了。

老兵家中的情况究竟怎样呢？其心情又是如何呢？

随着乡里人的指点望去，主人公看到了他的家了：松柏丛生，坟冢高垒，日夜渴望的家啊，白拉拉的，竟然如同一个荒凉的坟场。这难道是真的吗？主人公简直不相信自己的眼睛，他急忙赶到残垣断壁旁边，看到的是兔子从狗洞进进出出，野鸡在梁上飞来飞去；庭院中长出了"旅谷"，井台上也长出了"旅葵"。"兔"与"雉"（野鸡），都是动物，一在"狗窦"（下方），一在"梁上"（上方）；"旅谷"、"旅葵"，都是未经种植而自生自长的植物，一在"中庭"（庭院中），一在"井上"（井台上）。这些处于不同方位的动、植物在这里构成的是一幅多么悲凉的景象呐。野生植物一组一组拧在一起，长得疯掉，活泼泼的野物生灵塞满家中每一个空档。一切都已变化，一切又都没有变化，平和，庸常，睡过去一样。

没有章法，这些句子路子野，来头丑，同那景象一样凋敝，然而，叫人心伤。

野兔，野鸡，野生的谷，野生的葵……作者抓住几个典型的景物，给我们描绘了一幅如在荒野的画面。这幅画面荒凉得可悲，寂静可怕。库尔贝说过："画你看不见的东西。"看不见的东西是画所要表现的高深的东西。那东西是什么？是这些动植物吗？还是根本就不该是这些动植物？一切景语皆情语，高明的诗者当然不会为景而景，那些景色像内心不尽的深渊，深似魔鬼。

这荒凉的情景还让人自然想到：就是在没有战争的后方，人们一样活不下去，家破人亡是他们不可摆脱的命运。诗中没有直接点明造成主人公家乡荒芜的原因。但这个原因不难想见。一个人服役六十余年，那其他的人还能幸免不征吗？青壮年都去戍边打仗，土地荒芜那是自然的。

乐府诗《小麦童谣》也正是反映了这一点。略读汉史，还可知道，汉时，特别是东汉，地主大量兼并土地，苛捐杂税极其严重，富者田连阡陌，贫者无立锥之地。即使没有战争，主人公家破人亡仍然不能免。

因此，主人公只好用劳动来冲淡他的痛苦心情了。他采下野谷舂米煮饭，采来葵菜做成汤。回家的第一个目的是想见亲人，如今端起碗来，亲人又在哪里？主人公想尽办法也压不住心中的悲痛，"家中"的一景一物，自己的一举一动，又随时引起悲痛，这是多么令人难熬的啊！"舂谷持作饭，采葵持作羹"，他已被凄凉和痛苦折磨得麻木了，孤苦伶仃，默默地采下野谷和葵菜，做成了热乎乎的饭羹，却不知送给谁吃。老兵小时一家虽穷，但一家人相亲相爱，那情景一幕幕似乎近在眼前——恐怕也如安徒生笔下那卖火柴的小女孩，一桩往事就是一根火柴，她擦亮一根又一根，看到烤鹅、祖母、温暖的壁炉，看到蓝天、碧海、爱的火焰……老兵则恍惚看到烧饭的母亲、啜酒的父亲、活泼打闹的兄弟、老狗、木桌、红灶膛……

老兵悲哀的动作、神情，该有多么悲哀；"出门东向看，泪落沾满衣。"暗示了两种结局：跳井、上吊、撞墙……解决性命；另一种是度日如年，最后因心伤而死去。这时，他似乎才一下子明白，自己孑然一身，再也没有一个亲人了。在极度凄楚的情况下，他走出了年久失修的破门，向东方看去，他也许还抱着希望，他看到了谁？看到了什么呢？他也许在幻想里看到了久别的亲人？也许什么也没有看到。他茫然地从幻想中走出来，低声哭了起来。

一个风尘仆仆、也许还衣衫褴褛的老人，站在曾经炊火融融、庭园整洁的"家"的面前，站在盼望了六十五年可又无一亲人相迎的家的面前，竟然比想象的还不堪十倍、百倍……这真是生命里的不能忍受之痛。

造成心伤的直接原因是老兵家中无人。而其家中无人，又是谁造成的呢？对此，诗未明言，这又给了读者想象的空间。这几句诗在让人阅读的过程中，也有一些新奇的触见，一首诗像是好几首诗的容量。单是从语言描写风格来看，毫不优美，絮絮的细腻和锐利却都让人从心底浮起一股强烈的伤感，几乎压抑不住——不是锋芒毕露的迸发，而是迟钝的、慢慢凸显，一柄锥子，在麻布口袋里渐渐探出，飞向空中，在大量比虚构还虚构的故事情节里穿梭，有时恍惚，像跌入了雾气锁住的山谷；有时又如同暗藏的哑语，蛰伏进深深的迷惘中。

在满屋子飘着的氛围里，我们一群瞎子，被主人公扯着一根线，在漫长的进行时里摸索记忆——这究竟是种什么样的氛围啊，似乎什么都死过去，似乎什么都在哭，哀伤得无比彻底。这让诗歌不同寻常。

仍然是以哀景写哀情，以悲凉的景象烘托老兵心中的悲哀。而更令老兵悲哀的还在于：他以"旅谷"煮饭，以"旅葵"做羹，没用多少时间就做好了，却不知道将饭与羹送给谁，也即无亲人与之共享了，更不知与谁倾倒衷肠。这正是"舂谷"四句内外所表现的至深的悲哀。老兵孤身一人回家，家中竟也无亲人了，到头来还是孤身一人。

此诗围绕老兵的返乡经历及其情感变化谋篇结构，巧妙自然，写作技术是看不见的，所谓无技巧——真诗歌、最好的诗歌是无技巧的，它只要情感真实就足够了，按照自己的心走就足够了，朴实表达就足够了——朴实不是百姓语，而是一种加进了创新力的语言，这应是诗人在诗歌语言上的最高境界和终极追求，它既可以体现诗人驾驭语言的基本功，更能彰显诗人对诗歌的敬畏和读者的尊重，而这往往则更多取决于写作者的态度。

这首诗顺口——找一件顺口的文学作品其实大不易。它的一切都如庖丁解牛，那么顺情顺理。其返乡经历是：始得归—归途中—返回家中—"出门东向看"；情感变化为：急想回家，急想知道"家中有阿谁？"，充满与亲人团聚的希望（归途中）—希望落空—彻底失望（返回家中，景象荒凉，了无一人）—悲哀流泪，心茫然（"出门东向看"）；结构则是"总—分—总"，镜头由远摇过来，近镜头——扫过静物，然后是镜头渐渐拉远……看着舒服。

如前所言，这首诗在艺术上有许多可贵的地方，用种种匠心，活画出生性本然的生命在某种特殊状况下的痛感，盐入水一样，叫平淡里生出滋味。

首先，这首诗具有高度的概括性。诗中的老兵六十五年的戍卒生活，有多少事情可记可写，就是回家的那短暂时光，也有说不完的千言万语。可是，只用"十五"、"八十"两个表示年龄的数词，就把这漫长的生活过程概括了，读者丝毫不觉得它过于简单，相反却给人以联想、深思的余地。

其次，这首诗所选材料也是非常典型的。老兵回乡遇到熟人，有多少话要倾吐，而只说了"家中有阿谁"五个字。然而仅此一句就把他的痛苦、不安，其实绝望、又怀有一点希望的心情刻画得淋漓尽致。家乡的景象，也只选了松柏、冢、野兔、雉、旅谷、旅葵等几样平常事物，我想，没有比这几样东西更能体现荒凉的气氛了，还有，它们如此亲切而陌生，也加倍了它们的影像投射在老兵心底的荒凉。

这首诗在结构上也是很严谨的。除第一句用总结性的口吻写了六十五年的戍卒生活外，其他的篇幅只写了回到家中的短暂时间内主人公所见所感，显得极其集中。诗的开头起得突兀，一下子就将人带到深思的心境中，结尾收束恰到好处，仿佛主人公还有千言万语未尽，引得读者久久地去探索老兵此行的所终，去为他的前途忧虑和叹息。诗中主人公遇见乡里人的问答，到家中所见，做饭的感触，连接得密不透风，随着乡里人的手指写出了家乡的情景，由旅谷旅葵写到做饭作羹，顺流而下，读来舒服。读每个字时，你都觉得：你渐渐地在接近那个黄金分割点。那是你无法阻挡的语流，从心脏出发，又回到心脏。如同血液。

这是一首叙事诗，然而人物小说一样突出。读完后，一个饱经风霜、穷困衰老、悲伤到无语的老者形象已经印在我们的脑中，他清瘦，须发白，衣衫褴褛。但是，诗中对人物的外貌几乎没有什么刻画。为什么却能产生这样的效果呢？细读诗篇，就可以看到，作者是通过人物的语言、行动和心理活动来刻画的。从六十余年军旅生活的劳苦、孤零零独自归家、野菜为食，即使不写主人公的外貌，人们也可以想见他的模样。因此，诗人就专写他的询问，灶间的劳作，痛不能言，怅然东望，泪落沾衣的情景，而这些动起来的字句更能表现主人公的形象，也更能与主人公所处的典型环境相吻合。

我们可以回头摩挲一下那些宝贵的细节——几乎各种文体（甚至论文）都是细节才显出真正的力量。譬如重温"家中有阿谁"这句，就会读出更多的意思——

我们会知道主人公的头脑是清醒的，这是他从长期的痛苦遭遇中所获得的认识。家破人亡可以说是他想到又没有想到的问题，所谓想到了，这是他头脑清醒的一面，所谓没有想到，这是他主观上的希望的表现。诗的开头和中间没有写到他悲痛流泪的情景，除了在前文的分析中所讲的原因外，还可以说明他经历的痛苦太多了，就是有泪也流干了，开始和中间没有写到他悲痛下泪的原因正在于此。这也说明了主人公的意志已被磨得坚强了。就是这样的人最后竟然泪落沾衣，这不但不与主人公的性格相矛盾，反而能进一步衬托出他是理智的，衬托出他的痛苦是多么深沉和难以解脱。

在表现手法上，这首诗采用的是写实的手法，没有修饰，没有夸张，从"松柏冢累累"到"井上生旅葵"，短短二十五字，就描绘了一幅悲惨的画面，创造了大雾一般的浓稠气氛。全诗中没有一句"我悲痛啊，我愤恨啊"的呼喊和直接议论，但是，自始至终却使读者的心情淹留在这种情绪之中。

在语言上，这首诗通俗，好读，速度均匀，叫人呼吸畅快。时至今天，词句的习惯用法该有了许多不同，可读起来仍觉不出哪里晦涩难懂。它韵律和谐，从头至尾一韵到底。诗中运用排比句式，如"十五从军征，八十始得归"，"兔从狗窦入，雉从梁上飞，中庭生旅谷，井上生旅葵"，充满了节奏感。在这首诗中，中国民歌朴实流畅的风格得到充分体现。

不仅如此，老兵与家相互映衬的那段叙写，实在该仔细咀嚼，它们背后是有另外文字的，将作品的主题和艺术水平都推向了一个新的高度——服了整整六十五年兵役的人，竟然还是全家唯一的幸存者！那些没有服兵役的亲人们，坟上松柏都已葱葱郁郁，可以想见他们生前贫寒凄苦的生活，还不如每时每刻都可能牺牲的士卒；作品具体写的是主人公为国征战六十五载却有家归不得，等到归时却又无家可归的不幸遭遇和惨痛心情，而他的不幸与那些苟生且不能只有走进静默、暗湿、冰冷的坟墓的亲人们相比，他又是"幸运者"了。作品不仅表现了八十老翁一人的不幸，而且反映了当时整个社会现实的黑暗，表现了比个人不幸更深广的全体人民的不幸和社会的凋敝、时代的动乱。

老兵带着我们，或者在读诗的当儿，我们就是老兵。

[尾声]

就这么死去吧，在这里就埋在这里，这首诗里。想起《春天里》那首摇滚风味的歌："如果有一天我老无所依 / 请把我留在在那时光里 / 如果有一天我悄然离去 / 请把我埋在这春天里 / 凝视着此刻烂漫的春天 / 依然像那时温暖的模样 / 曾经的苦痛都随风而去 / 可我感觉却是那么悲伤 / 岁月留给我更深的迷惘 / 在这阳光明媚的春天里 / 我的眼泪忍不住地流淌 / 也许有一天我老无所依 / 请把我留在在那时光里 / 如果有一天我悄然离去 / 请把我埋在这春天里……"

如果配背景音乐，我会给它的主旋用把二胡。还有什么，比二胡更符合彼时彼境的呢？

再想一个？大提琴也还合适。

行行重行行

朝代：东汉

行行重行行，与君生别离。

相去万余里，各在天一涯；

道路阻且长，会面安可知！

胡马依北风，越鸟巢南枝。

相去日已远，衣带日已缓；

浮云蔽白日，游子不顾返。

思君令人老，岁月忽已晚。

弃捐勿复道，努力加餐饭！

想念叫我忽然间就这么老了

[背景]

没有比分别更容易的事情了。虽然历史上曾经有个诗人说："相见时难别亦难"，可如你所知，那个人总是明话暗说、正话反说的。况且，在这里，他偶尔说真格的——说的"别亦难"，是难分难舍。

在这个时代是这样，以前也差不多。城头大旗变换频仍，胸中人心从来相似。

走得远，又前途莫测，所以，常常刚才还在吻着，一转脸，就不知道生死了。

那个瞬间，是友情，更是爱情里的风景。

它以思妇自叙口吻，对爱人倾诉别离相思之苦。她仿佛痛苦已极，百无聊赖，脱口而出，信口絮叨。而实则诗人构思精到，真实而有独创。它没有一般化地写思妇的春情和秋思，而是概括了一个思妇由于爱人久别不归而产生的愁思忧虑，集中表现她由于忠诚的夫妻感情而压抑不住的内心痛苦。它从没完没了的生别，各在天涯的远别，早归无盼的怨望，爱人恋乡的料想，憔悴消瘦的思念，担心意外的疑虑，青春蹉跎的愁伤，写到勉强解脱的自慰。随着感情的发展，波澜起伏，结构精致，衔接自然。而以朴实的直白为主，却在料想、疑虑爱人心情、遭遇时运用含蓄的比兴，真是绵厚，值得一再吟咏。

这是一段在东汉末年动荡岁月中的相思乱离之歌，带着一些失传了的味道，苍凉如大地之音。尽管在流转过程中失去了作者的名字，但还是剩下了真情、真景、真事、真意……这些富贵不断头的珍贵之物，读之使人悲感无端，为女主人公深挚爱情呼唤所打动。让我们怀疑，她就是我们自己。

那个可人儿，她的屋子四周遍植芳竹，一推门就可以看见西岭含着千秋雪，在月光灿烂的夜晚听得见虫鸣，还可以闻得到豆花妩媚的香，一直香到她的梦里……而溪水潺潺流淌，就在家不远的山坡上。

我们在一首诗里避暑。那里面听不见风声，也听不见雨。大地母亲呼唤每一个孩子，而思念，正杂草丛生。

《古诗十九首》大部分说的是相思。然而你不能因为它专意说相思就说它狭隘——事关人性，便没有狭隘一说。百花齐放百家争鸣，那是那个时候的主流，就像而今文学小圈圈的偏狭和小作一样，那时的大气和包容是无法想象的——那是我们的文艺复兴。说起文艺复兴，我们知道，那时有个意大利画家莫兰迪，他为了艺术，终生不婚，只依从内心冲动和体验，如同一位老实的木匠，遁入自己的寂寞之门，笔触笨拙、全心全意画着与他自己一样孤独的瓶瓶罐罐，使得它们发出洞若灵魂的光泽。他的一个瓶子就是一个宇宙。

对于这首诗而言，相思就是一个宇宙。它老老实实刻画出的画面，却是一条道路。道路带着痛感。要有一些物品，或是生物，或是无生命的物体，来替女主人公分担痛感。

这首诗歌，它要替女主人公分担什么？必然，有一部分东西，是她无法承受的，放在诗歌里，并不是因为珍爱，而是因为难以承受。疼痛是分担不清的，也是分担不完的。她累积了很多，还会不停歇地累积。各种疼痛，尤以心的疼痛为瞩目。为之，我从未如此触目惊心过。作者使用的是疼痛而非痛苦。疼痛局限于肉身，而非精神，疼痛被抽离后，如此单纯而干净：色彩、结构、质地、精神和情韵……都晕染开来，染像一滴红墨水丢进池水里，渐渐化开……在诗歌最后，作者终于释放了一丝甜味，这甜味也是想象力的甜味。

事实上，那条道路也是想象力，出于对疼痛的想象力，抽象而具体。

[情境]

我愿意这是一个夜晚——只有在夜晚，一切才剥去画皮。在柔软、宽厚、自在的夜海，星群、弦月、扁舟、虫呓，甚至泪滴都格外真切，没有不得不，只有自顾自。我愿意这是一个夜深人静际无声的想起，不是白昼间万千讯息挤压中的抒情——那抒情在诸多喧嚣中显得苍白、造作、冗余。

可以想象，那是一条青石小巷的拐角，有个铺满青苔的门角，以及驻足时有寂静悄悄地爬上紫缎滚边的裙角……总之，是个不起眼的角落。

女主人房间就在这个角落里。诗人们都在角落里。思念的人也是。

她，诗人和思念的人，这个复合人，她独自地想

〔宋〕无名氏：《柳溪捕鱼图》

起、念及，独自地在夜的黑里，画眉蹙眉低眉……如果此际也有人念她，她的美丽便不负他的念及；如果她念他的此际没有人念她，那么，她的美丽也不负这夜海的宽厚宁静。

她和她的诗彼此从来不需要问候，那是人和人之间才有的事情，没有纠结地感知到彼此的存在，她的诗，它细微的触须，都在连雨天，因为她想它是一个陪伴。

尽管把所有的花木都放到太阳和雨水里，经风雨见世面去吧，可是，注定有些生命，与繁华和风尘格格不入，注定有些美，钟情于夜的黑，开花在内光自照的夜。

她因为她的诗而自成宇宙。至于那个她念着的人，倒可有可无了。

窗外是株巨大的梧桐，斑驳粗重的枝节，让人想到年深月久。没错，如你所猜，她已经独自居住很长时间了。梧桐叶子每年从春天开始一直到初秋，依然清爽明亮，之初，之后，新绿旧碧渐次深浓，决无沧桑。她躺在床上，房里也涂了一层绿影。偶尔翻动书页，滑过眼看一会儿，有安稳，恰到好处的安稳。从来意外而无声的景象都有这样的细美，而这样涂了绿色的空气中，诗意会更清醒。

在那里，白天的太阳晒得草木魂魄里的香味都发散出来，鹧鸪刚刚停下缓慢曲折的叫声，门外的月光开始徐徐生长，使人变得脆弱而单薄，仿佛有一支笛子，在某个微弱的瞬间，被什么带动、起拍，启动了愁伤，桃花像雨一样飘落。

好像有什么需要表达一下，但说什么呢？就像路过这片飘落的花地，空气里浓稠的芳香让人似乎要哭出来。然而，大抵是要忍住的。

那时，有一封信在窗台上，于月亮的影里，发着淡淡光泽，铜锈一样的痕迹。背景虚幻。她将那封信捏在手里。等待的人未曾来，寂寞已深入唱歌人的发间——她的歌唱声音很小，沉郁的语速，静里发力的神色，语简意清的从容，歌唱的过程中，偶尔她还走神，想起村庄里的炊烟如何一直一直朝着远方……心事浅埋，开出些白色小花，就是这些字。

有点像自言自语。叫我们想起，即便今天，仍然有许多自言自语的人——电影里，常常见到对着空气说话的人，有时候，他们也会对着一株植物，或者一只猫一只狗一尾鱼。好像这个世界孤零到了没有一个可以说说话的人。事实上也正是如此。

一首诗和一个人，如同黑暗中交握的双手，那么紧。

一场风，驮着一个很稠的春天，在檐下吹过，吹过她插着绿玉的鬓边。隐隐有犬吠传来，然后低下去，变成高兴的哼哼唧唧。可以想见它尾巴欢实摇摆，正用嘴巴蹭触他的鞋子。

那是一个归人吗？人家家里的夜归人？……

这一切是这样叫人着迷。

首句五字，连叠四个"行"字，仅以一"重"字绾结，汉字被陈旧地书写出来，建筑了一座影子之城，而一句诗就是一场天长地久下着的雨，终将使这座城成为一个泽国，几千年中一直拖泥带水。

"行行"言其远，"重行行"极言其远，兼有久远的意思，翻进一层，不仅指空间，也指时间，有远人具体的行程，甚至还描画了思念者的心情……如同书法作品里的第一字、第一笔，往往要大过、浓过以下全篇。

于是，复沓的声调，迟缓的节奏，疲惫的步伐，给人以沉重的压抑感，女主人公头上的苍茫夜色……等等，构成一个幔帐，笼罩全诗。当然是夜——还有比夜里的相思更折磨人的吗？也只有这个时候，万物睡下，心里才汹涌。

整个感觉叫人想起一首歌子：《真的好想你》，就是我许久以前一人在院子里，洗着一把水芹或芥蓝时听过的。婉转的，温柔的，丝丝缕缕纠缠在一起，却有一种哀凄的余音，如风疏离，送过很远的花朵去，让每一个听到的、思念着的人，都在猝不及防中，被剥掉所有的伪装。

"与君生别离"，这是思妇"送君南浦，伤如之何"的回忆，更是相思之情再也压抑不住发出的直白告白。诗中的"君"，当指女主人公的爱人，即远行未归的游子。当初她送别他，在南浦，看光线在水纹上飘摇，仿佛是纸上写出来的段落——就在那个时候，诗歌已经受孕。

与君一别，音讯茫然："相去万余里"。相隔万里，思妇以君行处为天涯；游子离家万里，以故乡与思妇为天涯，所谓"各在天一涯"。是这么地远，仿佛那人专为摘云而去。

"道路阻且长"，承上句而来，"阻"承"天一涯"，指路途坎坷曲折；"长"承"万余里"，指路途遥远，关山迢递。

因此，"会面安可知"，当时战争不断，社会动乱，加上交通不便，生离犹如死别，当然也就相见无期。

然而，别离愈久，会面愈难，相思愈烈。相思得腹背受敌，相思得溃不成军。诗人在极度思念中展开了丰富的联想：

凡物都有眷恋乡土的本性："胡马依北风，越鸟巢南枝"，飞禽走兽尚且如此，何况人呢？这两句用比兴手法，突如其来，效果远比直说更强烈——强烈到那个被她的词语所希望出来的事件，似乎正在快马加鞭地赶来。

这里表面上喻远行君子，说明物尚有情，人岂无思的道理，同时兼暗喻思妇对远行君子深婉的恋情和热烈的相思——胡马在北风中嘶鸣了，越鸟在朝南的枝头上筑巢了，游子啊，你还不归来啊！

"相去日已远，衣带日已缓"，自别后，我容颜憔悴，首如飞蓬，自别后，我日渐消瘦，衣带宽松，（可是你啊，你啊，你还不回来！）……在这个时候，泪才一点一滴地落下。唉，思念呐，一展开就掉进去，四周全是它的黑。

这些句子都如夏天随口吐掉的一粒籽，在临水的湿润里抽芽长叶，此时正在不属于它的季节中郁郁葱葱，开着细细的黄花，有迟归的绿蝶在煦暖的风里来，轻触花弦，惊起又飞去。闲聊一句吧——如今许多爱情诗，胜在刺激，败在刺激，当时刺激，放下书只记得刺激，到底怎么刺激，却忘了。惊世骇俗的字句表达其实是有伤内质的，太外在。真正的大家最朴素，用最淡静的语气，说最强烈的情感，最深的事物。

如果稍稍留意，至此，诗中已出现了两次"相去"。第一次与"万余里"组合，指两地相距之远；第二次与"日已远"组合，指夫妻别离时间之长。相隔万里，日复一日，是忘记了当初旦旦誓约？还是有什么不测发生？此刻，浮云遮住了白日，使明净的心灵蒙上了一片云翳。

"浮云蔽白日，游子不顾反"，这使女主人公忽然陷入深深的苦痛和彷徨之中。诗人通过由思念引起的猜测疑虑心理"反言之"，相思之情才愈显刻骨，愈显深婉、含蓄，意味不尽。

猜测、怀疑，当然毫无结果，还徒添烦恼；极度相思，只能使形容枯槁，不愿意叫他看见。这就是"思君令人老，岁月忽已晚。""老"，并非实指年龄，而指消瘦的体貌和忧伤的心情；是说心身憔悴，快承受不住思念。"晚"，指行人未归，岁月已晚；也表明春秋忽代谢，相思又一年，暗喻青春就要消逝，心里着急，他就要看不到自己的美丽……在爱情里，在女人的爱情里，这不是最大、最重要的事情了吗？最在意？

她在担心自己老去的同时，是不是也想到了他当初的容颜呢？以及而今猜测的、他的样子？枯败的黄叶，在风里朝一个方向一浪浪远去，又从头缠绵。天高云淡，空旷陌生的他乡。那个一袭青灰长衫的人，一路且行且回眸，尘土满褐衣，芒鞋木杖，前路茫茫，回首乡关却不知何处；或者盘膝在清水岸边，彼岸是无尽的萧索——风让他衣袖飞起来，也许乡愁已经在他梦里踏尘而归。

坐愁相思了无益。与其憔悴自弃，不如努力加餐，保重身体，留得青春容光，以待来日相会。所以，诗最后说："弃捐勿复道，努力加餐饭"，至此，诗人以期待的口吻，结束了她相思离乱的歌唱。

唉，她既然可以自劝，也不妨劝她一句：人身旋踵为粪土，岂可为此等事自苦！……

虽然她的自劝和我劝，都不过聊胜于无。

[尾声]

我屏气不出。让那深远而神秘的声音，在房间里绵绵不绝如风掠过。闭上眼睛想象，月正圆，有雾淡淡浮动在木叶的清香上，花开如云，唱歌的人那一刻的美丽，触目惊心。

而首叙初别之情——再次叙路远会难——再叙相思之苦——末以宽慰期待作结，离合奇正，现转换变化之妙恰如一部交响乐的四个乐章。诗中淳朴清新的民歌风格，内在节奏上重叠反复的形式，同一相思别离用或显、或寓、或直、或曲、或托物比兴的方法层层深入，如旧报纸淹了水，慢慢扩散成没有边际的样子，如烟，如雾，但平展舒适，伸手可至。对了，平展舒适，是难得的。

涉江采芙蓉

朝代：汉

涉江采芙蓉，兰泽多芳草。
采之欲遗谁？所思在远道。
还顾望旧乡，长路漫浩浩。
同心而离居，忧作以终老！

我采集了芳草要赠给谁呢

[背景]

句子大都只是一个人的大田。汗水淋漓的筑建，寂寞的天空，其他人只是路过。但是，因为被路过，它们也因此而被反复地美丽。它们需要被认得与知得。对于作者，它们是那一刻他（她）的灵魂出窍，对于阅读的我们，它们则是我们穿越时空而去的遇见。

其实，同作品一样，日记或只写给自己读的信，也是这样的。其实，那种东西更是这样的。作品，尤其是今人的作品，大都是红头涨脸，急着叫人读的，谈不上什么灵不灵魂。

我们在词语中所要穿越的也许不只是隔绝，而是沉寂良久的失记，以及一生无可告别的远方。这是词语的惑人处，也许是场可怕的陷隐，然而，它们这样有着无限的可伸展性。是拥有一片最好月色的词语。对于接通以往，也许除了阅读，我们别无良策。

词语下，陌生的春天被雨水洗过。远在汉朝的那个人在这面镜子中，遍设烛火，让路过的人中了魔法地赶赴远方。那里，池上桃花落尽，垄

〔宋〕无名氏:《葡萄蜻蜓图》

上云朵长出。穿过桃花林去汲水的女子有着好听的名字。

绣花，捻琴，采药，翻出来时，它们已经年代深久。但是，词语被驯养出妖，于是让人相信自己曾在长安街上打马而过。整个朝代蓄满寂寞，烛火流放，词章重返。

穿越词语，我们也许也有属于自己的一枚镜子。镜子中放牧着的是我们每一个人静无声息的影子，那里，同样有一个永不向白天移动的低垂夜幕。我们让风长大，让云变老。只有自己，对坐或者相视。

风舞微恼她的情不自禁。其实这就是关于邂逅。邂逅词语，空荡的世界，读字，闲话罢。词语下，我们所有的人都将没有性别之分。

喜欢，只是一种态度。一如现在，你若喜欢这枚镜子，那将是一件非常简单的事。为什么要苍凉地失语？世间红尘，太多事件只是乘风而来，连烛火问出来的名字都会变冷，为什么不在这被词语打动的片刻，简单地复述出来？

[情境]

初看起来，似乎无须多加解说，即可明白它的旨意，乃在表现远方游子的思乡之情。诗中的"还顾望旧乡，长路漫浩浩"，不正把游子对"旧乡"的望而难归之思，抒写得极为凄婉么？那么，开篇之"涉江采芙蓉"者，也当是离乡游子无疑了。不过，游子之求宦京师，是在洛阳一带，又怎么可能去"涉"南方之"江"采摘芙蓉？而且按江南民歌所常用的谐音双关手法，"芙蓉"（荷花）往往以暗关着"夫容"，明是女子思夫口吻，岂可径指其为"游子"？连主人公的身份都在两可之间，可见此诗并不单纯。生命中的许多愉悦本就是细微而稍少的，我们为什么偏要让自己拼命去研去究，让自己读出不快来？

所以，大可一笑而过，按照自己喜欢的引领去读。

夏秋之交，正是荷花盛开的美好季节。在风和日丽中，荡一叶小舟，穿行在"莲叶何田田"、"莲花过人头"的湖泽之上，开始一年一度的采莲活动，可是江南农家女子的乐事！何况在湖岸泽畔，还有着数不清的兰、蕙，抱回大量的芳草，回去送给自己的心上人，谁说又不是妻子和女朋友们真挚情意的表露？那些美妙之物会断章取义地美下去，一直美下去，到美凋零，也还是美。

这真是生命中看似对立却又彼此收藏、彼此平息和彼此成全的美。

唉，一读到这里，我就想起自己：我这个年纪已经没有涉江的强壮了，只剩下一点气力唱歌。

喜欢这样的表述，就像爱极了大团龙凤花布的俗艳朴实。觉得那些才是可以叠起来放入心怀的烫贴暖色。想来，这是自我反衬与之对照的结局，灰暗的底色要鲜亮的景物来映衬，一如人生的镜里镜外，没有既定的影像可照搬临摹，却一直要用心丈量生命的长短厚薄。

读这样的诗歌，在于我，是一场无所谓固有结局和目的的对望，像是一场长途跋涉的旅行，总在路上，停停走走，走走停停。

但这美好欢乐的情景，刹那间被充斥于诗行间的叹息之声改变了。镜头迅速摇近，你才发现，这叹息来自一位怅立船头的女子。与众多姑娘的嬉笑打诨不同，她却注视着手中的芙蓉默然无语。此刻，"芙蓉"在她眼中幻出了一张亲切微笑的面容——他就是这位女子苦苦思念的爱人。

"采之欲遗谁？所思在远道！"长长的吁叹，点明了这女子全部忧思之所由来：当姑娘们竞采摘着荷花，声言要将最好的一朵送给"心上"人时，女主人公思念的爱人，却正远在天涯！她徒然采摘了美好的芙蓉，此刻能赠给谁呢？人们总以为，倘要表现人物的寂寞、凄凉，最好是将他（她）放在孤身独处的秋天，因为那最能烘托人物的凄清心境。但有时将人物置于美好、欢乐的背景上，抒写忧伤，正可以"乐"衬"哀"。

就像是好的歌者，在高音处有了大爆发之后还能迅速收束，克制住，接下来两句空间突然转换，出现在画面上的，似乎已不是拈花沉思的女主人公，而变成那身在"远道"的爱人身影又远，又模糊，光线弱了："还顾望归乡，长路漫浩浩"，仿佛是心灵感应似的，正当女主人公独自思夫的时候，她远方的爱人，此刻也正带着无限忧愁，回望着妻子所在的故乡。他望见了故乡的山水、望见了那在江对岸湖泽中采莲的妻子了吗？显然没有。此刻展现在他眼间的，无非是漫漫无尽的"长路"，和那阻山隔水的浩浩烟云！许多读者以为，这两句写的是还望"旧乡"的实境，从而产生了诗之主人公离乡游子的错觉。实际上，这两句的"视点"仍在江南，表现的依然是那位采莲女子的痛苦思情。不过在写法上，采用了"悬想"方式，从面造出了"诗从对面飞来"的虚境。

这种"从对面曲揣彼意"的表现方式，与《诗经》"卷耳"、"陟岵"的主人公，在悬想中显现爱人骑马登山望乡，父母在云际呼唤儿子的幻境，正有着异曲同工之妙——所以，诗中的境界应该不是空间的转换和女主人公的隐去，而是画面的分隔和同时显现：一边是痛苦的妻子，正手拈芙蓉、仰望远天，身后的密密荷叶、红丽荷花，衬着她飘拂的衣裙，显得那么孤独而凄清；一边则是云烟缥缈的远空，隐隐约约摇晃着返身回望妻子的身影，那一闪而隐的面容，竟那般愁苦！两者之间，则是层叠的山峦和浩荡的江河。双方都茫然相望，当然谁也看不见对方。

爱就要在一起，时刻，此刻。在一起，才能相濡以沫，才能"你在，就是天堂"。恰如美国诗人罗伯特·勃莱的那首诗："我们相爱时，爱青草、谷仓，爱灯柱以及那被人遗弃的街道，不宽、彻夜无人。"

正是在这样的静寂中，天地间幽幽响起了一声凄伤的浩叹："同心而离居，忧伤以终老"！这浩叹无疑发自女主人公心胸，但因为是在"对面"悬想的境界中发出，你所感受到的，就不是一个声音：它仿佛来自万里相隔的天南地北，是一对同心离居的爱人痛苦叹息的交鸣，人给闷人的生活的一记老拳。这就是诗的结句所传达的意韵。当你读到这结句时，你是否感觉到：此诗抒写的思人之情虽然那样"单纯"，但由于采取了如此婉曲的表现方式，便如清泉曲折奔流，最后终于汇成急瀑，轰然转下，响彻山谷，同时，用大力打通了我们的视觉听觉嗅觉与味觉。

爱情不需要清醒，它不能用数学的方式严谨地去求证。它，是糊涂，是猜想，是雾气，是云烟，是所有只可意味而不可言传的是似是而非。它也是甜，是酸，是苦，是辣，是打翻了的五味瓶，个中滋味各入口各不同。

它还像一本失火的书，烧了成灰，灰里还响出细索的清音。

那，让我们学会相信，这种快乐如此巨大。让我们飞蛾扑火般的决绝——是爱情给予了生命最确定的幸福。经过它，请用温暖的眼睛看看它的容颜。

它来时，是一片潮，兜头而落，窒息所有的思维与聪慧，甘地为彼碎裂。却请一定记住，爱情不是天长地久，不是生生世世，是朝朝暮暮。来时记着，去时懂得，不慌，不伤。这是爱情的真相，它如世间所有的事物一样，也有生老病死。吾生有涯，其生亦有涯。看谁长过谁？

于是，让我们学会从容相待，怀着恩慈的心，感知它的到来。

[尾声]

爱情让我们好起来，让我们趋近完美——我们以为是相爱这件事给我们的生活带来活力，让生活生动起来，可是其实，是我们自己在这个过程中，借爱情这件东西的腹，生了"好"这个孩子。我们好了起来。

最好的爱情是两个无性别的灵魂两两相望和想念，却不一定在一起。这样的爱情，一生若有所遇见，是上苍的垂怜。是两个灵魂虔心朝觐的恩泽。请用尽所有的温柔待它，甚至可以用永不相逢去护卫它，不让它最后成为俗世上的一场惨欢情事。

这样的爱情，其实是掠过自己天空的一只青鸟。在它的注视下，甚至可以在我们平淡的身体上长出一对动人的薄翼，让我们临风飞舞。

而这样的爱情，几人可得？此刻你若以为是，就请虔诚地为它伸出十指，合成一个圆，来护着爱情的这枚烛火，让它立在红尘的涯上，照着远方，那里月色倾城。

采桑度

朝代：南朝

蚕生春三月，春桑正含绿。
女儿采春桑，歌吹当春曲。

冶游采桑女，尽有芳春色。
姿容应春媚，粉黛不加饰。

系条采春桑，采叶何纷纷。
采桑不装钩，牵坏紫罗裙。

语欢稍养蚕，一头养百墥。
奈当黑瘦尽，桑叶常不周。

春月采桑时，林下与欢俱。
养蚕不满百，那得罗绣襦。

采桑盛阳月，绿叶何翩翩。
攀条上树表，牵坏紫罗裙。

伪蚕化作茧，烂熳不成丝。
徒劳无所获，养蚕持底为？

采桑的女孩子多么美丽

[背景]

采桑不是采棉花，这个动作是望向天空的。望向天空，就免不掉生出些幻想。

采桑不是采苹果，手心里是虚的，不用扎实掌握。虚呀虚的，就轻巧，不累，就有闲心琢磨一些心事。

采桑也不是采卷耳采芹采苤苢，那些都太直接，直接用作吃物，还又掇又捋、用裙子兜的，匆忙仓促，透着狠劲儿和粗鲁。采桑也不是采莲（就是采莲子），那太高蹈了，鱼戏莲叶的东南西北，唱的歌薄片子一样，飘逸是飘逸，不厚，不沉实，跟女高音和女中音的区别差不多。听上去，"采莲人"也没有"采桑人"的质朴。桑这个字，用毛笔，楷体，写出来就多么好看，看上去就是一棵树的样子。它择水而居，有药香，不大像入口之物，有一种陌生和奇异的美。难怪一位诗人、我爸的老同学给自己的孩子取名"桑桑"，给孩子的孩子取名"亦桑"、"又桑"，因为太爱这个字了。总之，桑真好，采桑真好啊，又优美又质朴的一件事情，由同样又优美又质朴的女孩儿家来做，就自然出现了同样气质的诗歌。

读这一首，觉得劳作是舞蹈，说话是诗歌。无法重见先民们在天地间生息，可时节还是时节，俯仰天地，仍可察鸟兽虫鱼草木。阳光明媚，春风和煦，泥土清凉，秀木明净。半山鸟鸣，半山花。劳动，是休息。而万物

〔宋〕无名氏：《青枫巨蝶图》

生长，是神灵日夜劳作不息。

走笔至此，不觉羡慕：要知道，一草一木都是神的恩赐啊，一律是人类或其他生物的菜蔬。那时女孩子们采呀采呀，在它们中间，放下这个是那个地采集着，不知疲累，还唱着歌。她们与身边的植物结成伙伴，不分彼此，身上带着它们的颜色与清洁的气味。这多好。

采桑一般是女孩儿家的活儿——父兄们上山下田，去狩猎耕种，母亲、大嫂在家带孩子烧饭，养鸡喂豕。女孩儿家力气小，爱外出，爱玩，还没负担上拖累，甚至，连个像样的梦也还没做过。就是这个空当的时间，多么短暂。嗳，就像南朝那时的诗歌，境遇是差不多的——南北朝，四言诗还不多，诗歌的惊蛰刚过，一切都还在萌动，还生涩，还没有技巧，没有规模，也没有着意的写作。

就是劳动中的哼唱。

年轻的采桑女孩唱着采桑的歌儿，成群结队地往城东南去了。那里有全城最好的桑树林，能采到最肥美的桑叶子来养蚕。蚕儿吃得多了，便能吐出最美的丝来。

女孩儿家爱扎堆儿，你可以想想七仙女一起去天河里洗澡，叫董永看见偷走七仙女的衣裳成就一段好姻缘；也可以想想七仙女一起去蟠桃园摘桃子，碰见孙猴子变成最大最红的桃子在叶子底下睡觉……怎么总是七仙女、七仙女的？反正啊，女孩儿家扎堆儿，劳动，唱歌，就是最纯洁、最可爱的事物在一起了。

四五千年前，原始蚕栖息在树上，后经过驯化，成为了吐丝作茧织绸缎的天赐妙物，人们有些敬畏有些爱地写这个字为"天虫"——神奇啊，小小的软胖身子，小小的口，无穷无尽地吃下绿桑叶，就无穷无尽地吐出白色的丝。我们看不到的物理啊化学的变化，在人类启蒙时期，可不就是神意所至？

而室内养蚕，早在先秦也已兴起。《夏小正》言"妾子始蚕，执着宫事。"《诗经·大雅·瞻卬》也说"妇无公事，休其蚕织"，于是可知，那时养蚕已是女子的主要劳动项目，腕上都要起床喂养它们好几次，就像哺育自己的孩子。它们娇得不行，换桑叶的时候，要用很软的毛笔来移动它，要注意手上的力量；不能对着蚕呼热气，否则它们会受不了的，用手老摸也不行，会烫坏它们的；也不能让蚕接触到气味浓烈的东西，否则会给它们带来生命危险……总之，一个养蚕的人家，就等于养着万千个襁褓里的孩子。

女孩儿家对小虫豸们有一种与生俱来的恐惧感，但不知什么原因，她们唯独对蚕宝宝们不存疏远的心理——她们与蚕如此亲密，叫它们做"蚕宝宝"。它们还真是"天虫"啊，颇多费解之处，至今，许多小朋友学前学后还着迷买蚕养蚕这件事，一只两只，勤于伺候，直至养死为止，热情不歇。

养蚕是个安静的活儿：将采来的新鲜均匀地撒上去，并不停添加——盛蚕宝宝的器皿是用竹子编制的，然后用竹竿搭起架子，分成很多隔层，每层放置一面筛箩。蚕儿们听到桑叶飘落的动静，很快各就各位，占领有利位置，奋力嚼食起来。稍稍侧耳，便能听到"沙沙沙"的响声呢。蚕儿们就像受过训练似的，绅士般的从叶子的一边从上往下劳作，很快桑叶叶边就出现浅浅的凹边、弯弯的沟，成为一张不断变幻的"地图"，从"美国"吃成个"不丹"，直到完全消失在人们眼中，融进蚕宝宝腹中。宝宝们吃饱了就是打盹休息，饿了就起来觅食，所以生长得很快。不消多久，细细小小的蚕儿就变成贵妇，白白的肚子变得油亮亮的，然后在某一天，突然就跟以前不一样了，它们不再吃食，而是专心致志地从嘴里吐出纤巧、银白的细丝，慢慢把自己裹覆起来，直到不见蚕儿身影，成为一个椭圆形的蚕茧。如果你拿起来轻轻摇一下，还能感觉到有一个东西在晃动——那就是蚕蛹。一般来说，蚕茧的归宿有两条，一是用来抽丝，成为丝绸，织成华贵的衣饰，穿在各等各色的人身上；二是等到来年开春，蚕蛹慢慢发育，破茧而出，开始新的一次生命的轮回。在当代中国，还有一个用途，就是搁上茴香大料鸡精味精，炒熟，吃掉，化成吹牛的力气，剩下渣子，排出去算。

"十亩间兮，桑者闲闲兮"（《诗经·魏风·十亩之间》），而既然

《七月》里"女执懿筐"可以"遵彼微行"而"爰求柔桑",那么,我们可以知道,彼时已经栽植了大片大片的经济桑林。

采桑为了养蚕,养蚕为了织布,织布为了穿。商业也还不发达,各家织了各家穿。穿了去劳动。就这样,周而复始,心思只在最简单的层面打转。

那时候啊,人还很少,氧气还很多,尤其桑树林的早晨,简直叫人觉得自己只剩下了两叶肺。成片的桑树林并不伟岸,大致一人来高,树干弯曲壮实,叶子黑绿,小而光亮肥厚,散发着淡淡的清香,要是折片叶子,在折断处能流出浓浓的白色浆液——难怪蚕吃下桑叶,能吐出雪白的丝呢。

桑树长在田野上,翘起鼻子,大口吸着四面八方来的风。其实,那风也生鲜着呐,一路张望过来,也还没见过多少人、多少风景呢。大地鸿蒙,万物懵懂,还正像个孩子。

然而,那时的春天,同今天的春天没有一丝的分别;那时的女孩儿家,同今天的女孩儿家也没有什么两样——一样的春来桑绿,一样的春心初开。

[情境]

一

采桑女的出现,对我们的眼睛是个洗礼——我们的眼睛几乎和我们的心一样脏了。她是我们见过的最纯洁健康的少女。南朝,距今快两千年了吧?四言诗还不多,诗歌的惊蛰刚过,一切都还在萌动。

三月到了,养蚕的家里也都放女孩们出来,到平原绣野上,采集桑叶。这时的桑叶嫩绿嫩绿,正适合喂养家中的蚕。而看着蚕宝宝长大,吐丝,成茧,然后飞走,也是件非常有意思的事情。

"晨"是个美妙的字——不能大声说出这个字来。甚至难以想象能够把这个字喊出来。因为它近于夜的那种凝定的静寂,这时乡村花园中的树丛上空，浮着一抹清彻的微弱的碧蓝色。在民间把这个时辰叫作"蒙蒙亮"。就在这个片刻，星点低低地在大地上空发出亮。空气泉水一般清新。

有一种处子般纯真的东西在浸润。小草浴着露水，花朵开成大碗小碗，每个乡村中都荡漾着一股温暖的、新挤出来的牛奶的香味。一切都笼在晨雾中。这样的一个早春，三星在天，月光铺满了红菱湖寂静的屋顶、菜园、蜿蜒于村舍间的小路、月光下发亮的河水、秧田。原野升起浓雾，涂在面食上就是糖浆。月亮像一个夕晒的落日，金红浑圆在原野的上方。

没有一朵云，没有一棵树是不美的，至于它们为什么有与众不同的生命模式？造物主知道。而新生的桑叶那么嫩，像一池清水。只有少女的手，才配采下。

从这里到那里，走来走去的采桑女啊，她们露面了。她们静静地从一间间茅草屋钻出来，齐齐聚在村口，满天的星，鸡声一路，伴随着她们的脚步，此起彼伏地啼。

因为春天来了的缘故吗？女孩子们也渐渐地出落得有了模样儿。似乎眨眼间，这群野丫头，突然开窍了，心也灵了，手也巧了，有了心思也不怎么说了。

其中有个她，同春天一样地美。可尽管有着春天的鲜艳妩媚，可她一点也没有涂什么脂粉呢。我们似乎看到，她红喷喷的脸，圆溜溜的小手，还有一笑就露出的白牙齿。她整个人都是闪亮的。

她穿着罗裙，衬出腰肢的柔和。史上有个著名的采桑女，名叫秦罗敷，穿着的也是这种裙子："湘绮为下裙，紫绮为上襦"；《孔雀东南飞》中的主人公刘兰芝，穿上这种裙子，腰际纨素的光彩像水波流动一般激滟生辉。你愿意把她当成秦罗敷她就是秦罗敷，愿意把她当成刘兰芝她就是刘兰芝。这里的我们所见，是她们未嫁之前的样子。

她提着篮子——平时我们的脑子会自由发挥：如果她在南方，篮子就是竹编的，如果在北方，就是柳编。总之，篮子青绿，是用刚折下不久的鲜嫩枝条制作的。可是在这里不能那么自由——我们知道，魏晋南北朝，统共六个朝代都立国于黄河以南，即古诗词中常说的江东地区，而且国都全在建康（南京），也就基本可以认定，她是江南女子——这符合我的心理期待，也增益了这首诗的诗意。

这位江南女子，她先用绳系上桑条，理一下，然后一手拉绳，一手采了叶子，放到篮内，动作娴熟轻盈，手指柔软湿润。她在毛茸茸的桑叶间穿梭采摘，还攀条上树，忙个不停，心情真是不错，嘴里不停唱着清香的歌子。可是，也因为穿梭、攀爬的缘故，被桑条勾连，扯坏了紫罗裙——向妈妈开口，死缠烂打要一条新裙子，多么不容易才得到！是"罗裙"呐，丝质的，就算在今天，也是最好的裙装料子，不要说在两千年前，对于温饱尚且不足、一个每天劳作不止的女孩。而这个女孩，布衣荆钗，她在日常的辛苦劳作之外，满怀着欢喜，不借青灯借明月地，又添加了多少女红，才织成染成裁成缝成啊。唉，也许是自己有生以来的第一条罗裙呢，也许今天刚刚上身，新崭崭，还没下过水，也许今天特异的高兴里，也有对新裙子的满意呢——颜色，样式，肥瘦，做工，还有……心里想的，是穿给一个人看。他该当喜欢。

——可以想见，那女孩当时的大惊失色和大呼小叫。多么沮丧。

多么可爱。我们也替她觉得可惜，替她有点后悔自己不小心。

就像现在的分节歌那样，她唱歌天生就晓得要简洁，要回环往复，用一个调子，不同的词，以便保持语音的动听、好记，以及叙述的连续性。那时的中国诗歌与古希腊的史诗和悲剧一样，本来就是为吟唱而作，或者说是先有田间桑田的吟唱，而后才由乐官采编整理而成的。

或许《采桑度》就是她随口唱出的吧？这杯递送千年之外、桑叶所酿的绿酒，我们一喝就被毒翻在地。

二

也许，在整个蚕业生产过程中，采桑这头道工序是最适宜敞开胸怀，抒发心声的。晨曦初露，风吹着，在那田野上，春天的气息排比句一样，一个一个，并着头，赶着赴约似的，鱼贯而来：花朵都开了，鸟儿不停鸣叫，而天空高远，长河东流，大地气象万千，万物都哗啦啦打开身体，光大自己的秘密。这些都让人认为，这世界就是一场庆典，盛大而壮丽。事实也正是如此。

一切都朴质美好。一切都赤诚袒露。苦难也很好。死也很好。失恋或失业的人去看看，就会忘了烦恼。

没有谁害羞，没有悲伤，因为在这块土地上，没有所谓"禁果"，也没有"潘多拉的盒子"。

这时候，采桑女出场了，她的心中是那么快乐，那么干净，歌声也就自然流淌出来，声音里浮满了湿漉漉的香气，明明暗暗，仿佛被风吹斜过去的兰草。

此刻，从最纯净的女孩子心里流淌出来的，自然是最原始的青春恋歌了。相信吧，不管多么困苦，爱的深意，仍似葛藤，缠上树梢。当然，因为生存所迫，还有心智的蒙昧，甚至受教育程度所限——我们不知道那些杰出的诗人们，到底文化程度几何，但可以肯定，识字的不多。

这些恋歌并不总是甜蜜的欢歌，更多的也许是怨歌、哀歌和思念之歌，但仍然是热烈的恋歌。古往今来，哪个恋歌不热烈呢？只要全心全意地爱着？

好了，这一首，有点爱情意味的，你喜欢吗？来，专心读读吧。

这个"心上人"一定是采桑前一天约好了的，说是来帮忙采桑——爱总要花费心思。女孩没吭声，其实就是默许了。他把着时辰，单等女孩的到来，已经心焦到不行。忽然见她摇摇摆摆、一阵子小紫风儿似的，飘过来，不由欢喜不禁，心咚咚乱跳。可她不知是装的，还是怎么，自顾自忙忙碌碌劳动，不理睬自己，于是，心更焦了，开始语无伦次，有话没话地瞎扯，逗得那冤家抿嘴儿，笑个不停。收了笑，直起腰，她又一本正经起来，严肃告诫："嗳，你，不要只管说说笑笑而耽误了采桑。桑叶少了，养的蚕就少。那时我怎能穿上漂亮的绣花罗衣呢？"（"春月采桑时，林下与欢俱。养蚕不满百，那得罗绣襦？"）

我们知道，那"心上人"一定更加喜欢这女孩了，也医治好了焦虑症——哪一个爱人的假意呵斥，不是一味疗效最好的药呢？尤其在我们还没完全定下关系的时候。难道我们的心上人，不是在我们更严肃甚至严厉的时候，不更喜悦、更觉得我们可爱吗？这可是他们自己告诉我们的呢。我们啊，我们为什么不好好说"我爱你"，非要装成那德性做什么呢？谁知道呢。

当然，我们不老那样儿，偶一为之而已；就像她"呵斥"她的心上人，在统共的 7 首《采桑度》中，也仅有这一首、20 个字而已。

青春真好啊，是所有年龄段的首都呢：你小，奔着青春去长；你老，奔着青春去回忆。而爱情，又是一切事物中最好的一件：你喜悦，爱情给你加三倍半；你烦忧，爱情替你转化成喜悦。在那样的年纪，被爱人"呵斥"或"呵斥"爱人，都是喝下了一杯蜜水。

那时人活得寿命不长，但足够质量。其中最好的一项是：自由。一切都还不确定，所以有无数可能：能自由选择一切，包括自由选择爱情，自由想象爱情，自由追求爱情，爱情盛大到成为生活的中心，跟这位采桑女一样。而且，那时人类也已经走出了滥交的泥沼。这多么好。

我们失去了这种可能——现世的爱情，偶尔也有相对纯美的，但总的说来，是一场眯起眼来就可以刮落的风尘，不会那么金贵了——金贵到在爱情里，只有爱情，只为爱情，只有你，只为你。有爱情，就天高地阔，就水媚桑青。

我不能，你也不能。

幸好还可以读读这么自由的诗歌。

三

好诗叫人牵挂。有了这组诗，好几天我做家事都心不在焉。包子上锅，在围裙上急急擦干手，就奔过来，听她唱，曲调有些黯淡下来——

她告诉我们：养蚕也不是件容易的事呢，要用比较少的桑叶，养育众多的蚕宝宝。况且还要遭受病虫害（按：某十分偏门的科学论文上说，"黑瘦尽"是一种现代叫做微粒子虫病，十九世纪中叶，欧洲养蚕业因微粒子虫病几乎毁灭殆尽）的侵袭，常常闹到很难收拾的地步。（"语欢稍养蚕，一头养百堰。奈当黑瘦尽，桑叶常不周。"）

有的虫子还会假扮成茧的样子，散乱烂糊，全部败坏掉，缫不成个丝。白白地劳动没有收获，我养蚕到底图个什么？（"伪蚕化作茧，烂熳不成丝。徒劳无所获，养蚕持底为？"）

养蚕不是件容易的事，而且一向被看得神圣和神秘，所以，渐渐形成了名目繁多的"蚕禁忌"：在养蚕时节，蚕室被列为禁区，外人是不可以入内的，不用说在里面大声说笑、谈情说爱了。更何况，一走进昏暗的蚕室，一种无形的愁绪就会涌上心头；小蚕能不能健康地成长要发愁，桑叶够不够吃要发愁，老蚕会不会结茧要发愁，丝卖不卖得出好价要发愁……记得中学课本里的"老通宝"吗？矛盾先生《春蚕》里的人物，多么不易。不知为什么，一想到那个人，就觉得他和鲁迅先生笔下的闰土一模一样。而采桑女同少年时的闰土有没有相似之处呢？一样有着红活圆实的手，一样活泼，同他有银项圈一样，有着紫罗裙。可是，我们再怕"闰土"变成"老通宝"，采桑女也还是要渐渐有了忧愁。

要"尝闻养蚕妇，未晓上桑树。下树畏蚕饥，儿啼也不顾。一春膏血尽，岂止应王赋。如何纳吏酷，尽为搜将去。"（《蚕妇》〔五代〕贯休）

要"春风吹蚕细如蚁，桑芽才努青鸦嘴。清晨探采谁家女，手挽长条泪如雨。去岁初眠当此时，今岁春寒叶放迟。愁听门外催里胥，官家二月收新丝。"（《采桑女》〔唐〕唐彦谦）；

要"规啼彻四更时，起视蚕稠怕叶稀。不信楼头杨柳月，玉人歌舞未曾归。"（《蚕妇吟》〔宋〕谢枋得）；

要"昨日入城市，归来泪满巾。遍身罗绮者，不是养蚕人。"（《蚕妇》〔宋〕张俞）；

要"晴采桑，雨采桑。回头陌上家家忙。去年养蚕十分熟，蚕姑只着麻衣裳。"（《采桑曲》〔宋〕郑震）；

要"采桑复采桑，无嗟为蚕饥。食君筐中叶，还君机上丝。还君丝，织成绮。贫女养蚕不得著。惜尔抽丝为人死。"（《蚕妇吟》〔明〕潘纬）；

要"青青桑叶映回塘，三月红蚕欲暖房。相约明朝南陌去，背人先祭马头娘。"（《蚕词》〔清〕王士祯）；

……

是的，采桑女会变为蚕妇，要将唱换成低吟，将笑换成哭，将紫红的脸换成灰黄……"闰土"换成"老通宝"。

从桑田，变成沧海。

[尾声]

远远近近，这世界一直如此，时刻在变化。这一点，没变过。

也许就是因为地理的剧烈变迁和人的巨大变化吧，才产生了一个与桑有关的成语，那是我们的祖先送给我们的第一批文字礼物之一——"沧海桑田"，至今我们感叹什么事情，总还要用上它。

春词（瓷）

朝代：唐

作者：无名氏

体裁：五言绝句

春水春池满，春时春草生。
春人饮春酒，春鸟鸣春声。

装一壶春天将你灌醉

[背景]

冬日常常有好天气。坐在月影里读书，书里传出祈祷似的旋律。多么温暖的开始。

这个时候遇到了这首诗，正是这样一个开始。

有了这样一个开始，就有了明镜台，浮尘尽去，没有了虚荣心，没有了害人心，连防人的心都大可略去——只信赖和爱。

——如果心如明镜台，什么东西还能改变你的世界？

如果我对自己的命运清晰得如掌纹，所爱所憎所求所向明了如镜，谁能凭风中的谣言，街头的诳语染尘于我？如果我有虚荣心，那也不是人人、事事都能满足，我的满足在于我的内心，清楚地感觉到由衷欢喜，不是别人的欢喜，是我自己的欢喜。

尘世是尘积的世，世事是不得不趟的浑水，那我选择自己愿意走的寂寞路，我选择自己愿意涉的那一束河流。

　　年轻时喜欢看张爱玲，随着年岁的增长，不再那么热衷，就像王小波在《关于幽闭型小说》中所说："张爱玲对这种生活了解得很透，小说写得很地道。但说句良心话，我不喜欢。我总觉得小说可以写痛苦，写绝望，不能写让人心烦的事。""中国人相信天不变道亦不变，在生活中感到烦躁时，就带有最深刻的虚无感。这方面最好的例子，是明清的笔记小说，张爱玲的小说也带有这种味道：有忧伤，无愤怒；有绝望，无仇恨；看上去像个临死的人写的。"

　　我转而喜欢看那些能给人以温暖的文字。温暖，为何这个词语近来如此碰触到我的内心，流年里的暖，日子里的暖，遇见的暖，文字里的暖。想来，一些大俗的词语若重复次数多了，自然会摩擦出热力来。温暖想必也是如此。这世间本已千疮百孔，我们需要温暖自己，也温暖别人。我喜欢读温暖的人写的温暖书，里面隐隐有一种宁静而祥和的力量，可以包容世间的一切，包容一切简单、复杂的时光。读书的终极目的不是苦，而是乐；不是寒冷，而是温暖。就这样，垂首读书、工作、生活，没有发问，也不向任何人问道求解。读竖版、繁体的书，好像回到古代，会在读的时候，不经意微微点头。我喜欢那安静和缓慢，很多词都还在书中保持着原来的意思。原木、布衣、清水的感觉，是还没有被篡改的美——而美啊，正是人在这世上的创造和尽力、蜂蚁一样各忙各的事、各自焕发生命的力气的源头所在呐。

　　我不去想，别人的生活，别人对我是怎样的态度，我只想我的生活能不能更趋近简约、美好，我只以我对别人的情感去证得这世界到底有没有情义。

　　如果我有情有义，有泪水有欢喜，那我就相信，人间是有情的人间，自然是万物的自然，而自然不仅仅局限于大自然美丽的景色。自然还有一个重要部分是躲藏在我们心灵的世界里。当我们心灵回归于自然，回归于平静时，我们的眼睛能看到心灵抵达的远处。极妙的地方，只有在心灵的指引下，眼睛才能够看见。一切的美好，都是从回归自然开始的。

　　如果我感受到美好、甘洌，那我就相信自然是甘美的。

就算全世界不可信，我不着急，我的悲欢都是真的。

月在月中，星在星里，我在我中，何其安适。

若有愿景，愿我是我，只是我要的我，愿一切亲爱的汉字都只是它们自己，愿不负那些美丽的字，即使曾经携带着它们的人变了，时光流逝了，那些字还一见如故，再见依然。

〔宋〕无名氏：《秋溪放牧图》

就算再多的字都失去了本来的意义，我不着急，我用它们的时候，我和它们都一如当初，秋水明月两不负。

正如眼前这首诗里的每一个字。它的每一个字都像很久很久以前的家乡。

[情境]

一

土是神奇的东西，你永远不知道，它里面到底存储着一些什么。除了根茎类，有着珍宝一样颜色的土豆、甘薯、萝卜、山药，还有一些很久以前的人，藏在里面的罐子。他们似乎在那时起，就已经预见到：将有一位子孙，在种植或收获时，会惊喜遇见。他们微笑凝视过来，手上带有长久不散的余温，由泥土传递抵达到今天。

这一次，是湖南望城县唐代铜官窑遗址——瓦渣坪出土的一只寄黄色瓜棱瓷壶上的诗。诗中有情有景，有声有色。春天的风吹着每一个枝丫，春天的水装满了池塘，春天的雨淋着每一枚草芽，春天的花朵慢慢开遍了天涯，春人喝着春酒，春天的鸟在叫，春天的虫子醒过来……春天的一颗铁钉似乎也在生长。诗人如同一个上好的调酒师一摇一晃，一转身，将一个"春"字变幻无穷，层层倾覆，在春天的味蕾上咂出滋味。"春"啊，春是生发啊，是希望，是未可预知的美满和结出果实。

壶在诗中，诗在壶中。然而光线缓下来的时候，我知道它被什么移到了纸上，由时间执笔。前几天，我到乡下收了一把紫砂西施素壶，料很涩，但喜欢这样的工，好好的养，该会有温润的潜质吧。在一个好天气里，淡淡地煮上一壶茶，当淡绿的新茶放入壶中，宛若是知遇的恩德，美好，安静，使整个世界为此停了一停。这是件意思无限的事。如同烟从炉灶上长出来，旺盛而虚弱，动人心意。

是啊，我说的是茶啊，茶也并不坏，可是，我还是更喜欢自己更能饮一点酒。而在我不能喝酒的时候，我看着你喝酒，看"春人饮春酒"。你有没有在斟酒的瞬间，感觉到我的注视呢？隔着夏日千万重的山水林莽，隔着雨幕和风帘。甚至隔着很多有酒的句子，譬如"酒已都醒，如何消夜永"，春天会给会饮酒的人，格外附赠一个春天。

念一遍，自然联想起溪水，水的清，清脆击打石块的声音；草，草的绿和青气；酒，酒的香，酒后人的红脸；鸟，鸟柔软的羽毛，鸣唱，以及它们的成双成对……大地向左右展开，每处都灿烂夺目。那是我们人人经历过、看到过的场面，有一种叫人愉悦的节奏在这场面里轻轻摇晃。梵·高有次对高更说，"明天从一粒葡萄那里流出来的东西也将从你那里流出"。在卓越的艺术家眼里，太阳向下融会到泥土，泥土向上融会到农人赤裸的脚，磨光了的犁，低了头的老牛和田野里的草垛……万物都有联系，人也依靠或明或暗或远或近的关系而存在。

这样的时候，每年都有一次。在我们出生之前是如此；在我们死掉之后，仍然不会停止。

要欢乐，没有什么成功和失败。要感受所有的好。所有都好。大地自我圆满，人也是。

多么好。

二

多么好！又清又透，器物也是有时辰的：青花长颈瓶是黄昏，紫砂纺轮属于清晨，午后呢，应该属于生铁制作的大茶釜……而当你听到农妇在麦田里辘轳上，将双耳汲水罐摇出河水的弯弯曲曲时，是不是也与我一样变得安静下来？

也许就是从那时开始，相信看到的所有器物中，它们都有时辰在其中，隐秘潮湿。

这一首，像月光很好的晚上，云朵被照亮。还带有一种青草味道的清凉气息。画上那株草，兼工代写，新鲜顶露，或许是迷迭香？迷迭香这三个字真让人着迷，《哈姆雷特》中有句："迷迭香是为了帮助回忆，亲爱的，请你牢记在心。"用嘴巴念出来，再这样想想，就像喝了酒。你看看，大自然和人文结合，就生出了名叫"幸福"的孩子。

刚过春分天，却是未到清明时，泥地上冒出温柔的湿气，到处绿盈盈的，云层像午后刚弹好了的棉花，又轻又薄又软，似乎不小心就要掉下来拂在睫毛上。池塘中有很轻的风吹过，水一波一波被打开。这样的日子可以有足够的闲心，为一些无用的小细节停留，相信它们也是可以欢喜地停下来。

人与天地的关系无非来自气象或者季节，心情受天地之气的影响，身体也会随之自我调节，身随心，心随气，于是，风水或者流年，全都是说的通的。一如梭罗所说的那样，并不是人人都要去学他，去瓦尔登湖或什么偏僻之所隐居才对，人只要选择他自己想要的生活，或许是湖畔、或许是阁楼，或许是田间林际，或许是寺院，或许就在闹市里……都一样是自由的，活得舒展的生命。他说"黄昏的霞光照到济贫院的窗户上，如同照在富人家窗上一样耀眼夺目。"这霞光也每天照在农家的窗户上，而临窗缝衣服的那位，一样也得到这大自然美妙的馈赠。也许真的是因为年纪的缘故——我越来越这样认为了。香暖二字，或是烟火人间的本来。

　　我们可以想见，能真实深入地享用大自然之福的人，纵然经济基础，也定然是农人式小康——梭罗有一段谈建筑的话，说照画家的眼光来看，生趣最浓的住宅恰好是普通人家居住的朴实无华、卑微简陋的木屋和农舍，房屋的诗情画意不在于形态各异的外表，而体现在它内里的居住者的人生之中。"人须求可入诗，物须求可入画"，以诗画的眼光来看建筑、看花木、看人生自然是不同的，所谓艺术就是这样从俗世看出天堂。忘记读到哪位前辈写过的一段话，大意是偶尔路过一间农舍，被墙外的一株花树感动，那屋舍与花的相依让她相信，住在里面的人一定有诗歌做的心，后来再去，花树全被砍掉了，原来是换了主人。

　　原来我们能在多大程度上接近大自然，外部的物质条件不说明什么问题，却基本取决于我们有着一颗怎样的心。当人们这样做时，容颜、神色便会越发空明，减去尘世烟尘，具备了完美的内外。相由心生。

　　譬如，房子不够大的话，可以在阳台上弄一个土盒子，种植葵花或兰，也可以在路边断一枝柳枝，做只哨子，拿回家来吹。当然，如果可能，到烧窑的地方，亲手做一只紫砂壶，也是很好的。这些动作都意味着劳动，其实，劳动就是最好的审美。这就是为什么，我在听到朋友讲起浸泡种子的细节，就着迷的缘故。还有，一听某位日本茶釜制作大师的作品，还没有看到，就已经沉醉的原因——难道，一位八十七岁的老人，一下一下敲击、打磨铁器这件事——这件事本身，不已经叫人沉醉了吗？

　　时间在这样的时候，是接近时间本质的，温情慈悲；不再只是日历、沙漏或者数字。而是实实在在的光阴，我们在这里，是缓缓踮起脚尖，抬高眼睛，看见墙外被搅乱的花影——松松的花影里偶尔会飞出一只小绿蝶，缓缓扇动翅膀，花影就乱了。人这种东西，于是就有幸获取了一种与花木无主客、共春风的自在。

　　男人们在这里，就是不断地饮酒和大声谈笑。女人们则于厨间忙碌。

　　窗外光影漫漫，不知要生出多少好来。而所有想的到的好，如同眼前这件瓷，被月光一遍一遍地清洗，然后，在文字上被更加夸大得光可鉴人。这本身就是感动人的一件事，有一种安静的缭绕。

池塘的水，初生的草，还有那些藏在树叶中的鸟雀和草丛里的蘑菇，以及它们周围的、合适的温度……还有人，人的神气和光彩。你心里纯洁，眼里便看见干净的颜色，你眼神柔和，镜头里便有了这样清白的蓝。云朵是自由的，鸟儿是欢畅的，月亮是有情有意的，身体是健康的，岁月长河般温润，如你此刻的心，只要走路，没有什么不可以抵达。

古来，诗人们一次次想到它们，写到它们。它们像某些年轻的年月。这件瓷，将所有的春天不动声色搬来，搁在木桌上。而一个人，如果能从大自然里得到力气，那他（她）是有福气的，如果他（她）还能从人的肢体、面容、笑意里，读到与大自然相类的美，那他（她）的福气就更加丰美，就像一朵花，时刻都听得到照顾自己的一首歌。

有时候，只老老实实叙述，不去抒一点情的好——当然，有时就尽着力气抒情也罢——恋爱时，谁不是抒情大王？所以，任何一棍子打死的做法都是偏狭的。那些字和字也不一定要链接起来，组成一个什么大意境。它们各自成城就可以，它们简简单单就可以。当然，你以为它们完全是信手拈来也不完全对——有时候，虽然仅仅是有时候，美中间那鲜明、咄咄逼人的美，是由它背后千辛万苦的力气而来。就像天才们是灵感勃发的，然而，哪一个天才不是亲手打碎了灵感、而使下笨功夫才成的呢？

而有些时候，有许多事物其实也是不能分析的，分析容易破坏事物的完整性，那样，从某种意义上来说其实就是消解了美。于文字更是。于这一首更是。因此，不必分析，一遍一遍，像小儿念诵童谣一样，反复循环地大声背出来吧，像阳台上一遍一遍的阳光，哗啦啦掉满一地。愉快就在念诵里产生出来。冲淡也许更适合诗歌，同样也适合散文，不过，冲淡并不等于天真朴素到无着无落，相反，它们组合起来常常会泛出华丽之色——那些平常的词语在某种组合之下成了魔。这也许是真正意义上的华丽，当然仅仅靠词语上的华丽给人视觉上的冲击完全不可同日而语。刚好相反，拆开那些文字，你会发现没有一个词语是华丽的，最后读起来，却常常会吓人一跳。这种华丽之美，也许首先要有画面感，无任抒情，写景，叙事。但是这个度是最烦难得，太细，则太近；太粗，则太远。其实也就是距离之美，要有细水长流的缓和性，是从容的，清晰的，给人安静感的。也许真诚是最关键之处，换一种说法就是要有自然之美，是当下的，是瞬间的，或者说也是某种邂逅。有说之词，有想之绪，有写之物，把它们妥当地铺排，也许就是意趣。

这就需要摆放词语的能力，把最平常甚至是最口语化的文字写出水意来，这在阅读上是会容易打动人的，有意外的，会有会心。

当然，如木心先生喜欢杜甫的"穿花蛱蝶深深见"里的"蛱蝶"一样，温雅如同古人，那么，我们也就不必在今天说"朴素就是最美的"——你去看，电视上无论军事、科技还是时事评论节目（更不要说文、史、哲类）台湾和大陆的学者一旦一起出镜，温雅和粗野之相即刻泾渭分明。语境变了，大环境变了，我们已经没有资格去要求我们自己多么全面。朴素当然是最美的，温雅的人们也这样认为，但粗布折转一阵子变成亚麻布，也还是朴素。这是一种潜流。

这潜流看上去像睡在地下的清泉，清澈甘甜，梦一般美。

大概，每个人都曾经在人生中，经历过潜流一样的美。有一天，遥远了，也还是能在那清凉中取一瓢弱水，安慰焦头烂额的憔悴。

我不再是那个每日一首背诗词之余大搞叛逆、每月省下零食钱买《读者》看的女生，也很少看这本杂志了。可是对"高贵"这个词的理解来源于《读者》中的一篇文章。男孩来自缺水的大西北一个贫困家庭，可是他的衣服永远整洁、床单永远洗得雪白干净。因为他有一个贫穷却窗明几净的家，有一个永远在贫穷中保持洁净的母亲。来自富裕家庭却总背一包脏衣服回家的作者，表达了对这个室友的尊重，他想那是一种高贵的品性。

"高贵"也是一种潜流。它会滋养出好看的花木。就算在身份卑贱的乡下瓷壶上，也一样不少一片叶子地茂长。

木心先生写来的那种盛满古意的文化潜流或许渐渐从我们的生活中

消失了，可是我还是能凭借自己的眼睛和心，去倾听潜流于生活深处的清泽，并为之欣喜。

念诵这样的诗其实就相当于念诵经卷或者《圣经》。最天真质朴的生活就是最值得向往的美活，也最高贵。

三

现在起风了，吹过来看不见的香。我们决意骑着马去唐朝扣一扇柴门，那里有一把等待我们的瓷，托瓷而入、主人家的女儿面庞圆润，腰肢健美，粗制的环佩正叮当作响。

在这件瓷上写下这些字的，是他们，也是我们。

我们写那么多字做什么用呢？以至于，我们烧泥成瓷，得到一把普通的壶，也要在上面写上一些与壶不搭界、只关乎春天的文字？

然而不写字，我们又如何醉去？如何寂静对坐？如何衣上酒痕？如何把井底打穿，去见另一个年份中的自己？那些很远很淡的年份中，也许兰草正缓慢地抽长。

文字与照片一样，都能轻易地将一截时光拦驻，以最好的姿态停留其中。而人在世间，逐日老去，明日已天涯，渐渐只做成了文字的背景。只有文字本身，似黄昏钟声传来，静立当下，乡音无改，使人发愁，如此美好。

多少年后，也许一切都只是虚弱而隐晦的陌上花，也许，这把壶到了我们或我们的子孙手上。当然，也完全有可能是微醉静暖，不思量，自难忘。现在，想起逐风，奔跑，殊途，同归。一把壶是一只纸上的狐，一顾三回头——一流水，二花谢，三自眼波横。

这样简单的句子，我不断地阅读。什么样的照片都不能描述那些影像那些香，那些事物，那些繁密和汹涌，一重一重的唐朝的气息，当李白仰天大笑出门去，杜甫归来倚仗自叹息，白居易蘸着月光将琵琶声擦了又擦，就在此时，唐朝的一朵花、一只鸟、一只虫子，路过唐朝，路过时间所有的漩涡、迴流，停在21世纪的一个夜里，安睡在时间最深的睡眠里……我什么都做不了，只有叹息和无能为力。当我的眼泪和它们的融为一处，当我的悲欢全数落到它们身上，当我在一切色彩里去爱它们，在一切声音里去找它们，我找到了一条捷径，通往无言之美。

至此记起脂批《红楼》，曾有言："千奇百怪之想。所谓牛溲马勃皆至药也，鱼鸟昆虫皆妙文也。天地间无一物不是妙物，无一物不可成文，但在人意舍取耳。"俯仰探看，是不错的。

而阅读是非常有时效性的，这刻与那刻，此时与彼时，今朝与去岁，都在量变与质变的积淀中存在。新鲜融和的初读与跟后的反复揣摩，这无不契合了自我的一种审美与价值体系，喜与不喜，接纳与排斥，体验与疏离，极赋予私人化的具象。即使偶有仿似的思悟，也只能看作人性在辨别方向上某处途径里的重合，最终它还是要分叉，各自远去。

为了这样的句子，你要感受到生活的愉悦，你要能品尝到食物的香甜，感受到睡梦的斑斓，感受到双腿的力量。你要好好睡觉，你要吃到精良的早点，它就是生活本身的价值，它就是丰腴闲静时光的样子，不可以随便。

为了这样的句子，你还要原谅，原谅所有的人和事。世上千万种人，严格的区分归类长久存在，宽松的界定本身就是一种勇敢的谅解——你看到，春水春草春酒春声，与春池春时春人春鸟是分不清的。

这是至俗的场景，然而，正因如此，我们强烈体验到这文字中光明照耀的力量，这让此诗更趋向空灵和淳朴，语言结构也更加结实，分量也更加厚重。

所以，今天我给你带来一餐早点，薄荷它长了一季，芸豆和红豆长了一年，我把它们做成芸豆卷，用了半天，还带来一把壶，装一个春天给你。糕饼不是来自商铺，正似火不是来自火炉。生活，是生活的整个过程，生活无法购买，你可以是棵薄荷，也可以是块饼，更可以是一把壶得慢慢由岁月做坯长成。这是生命的本相，也是人之所为人的凭据之一。

[尾声]

我想起了诺瓦利斯《草地又染出一片新绿》里的一些诗句——它们在本质上是一致的，都简单而诗意勃发：草地又染出一片新绿／树丛的花儿多么艳丽／我每天看见青草生长／东风和煦，天空晴朗／我不知道我怎会这样／又怎样形成眼前的景象／越来越昏暗一片片树林／还有羽衣歌手的盘桓／随着花香，在条条小路上／很快会传来小鸟的歌唱／我不知道我怎会这样／又怎样形成眼前的景象／此时此刻无处不喷涌／生命、色彩、芬芳和音韵／一切都乐意缔结亲缘／一切急欲可爱地显现／我不知道我怎会这样。

也想唱起金子美玲的那首儿歌：我好想喜欢上啊／这个那个所有的东西／比如葱，还有西红柿，还有鱼／我都想一样不剩地喜欢上／因为家里的菜／全都是妈妈亲手做的／我好想喜欢上啊／这个那个所有的一切／比如医生，还有乌鸦／我都想一个不剩地喜欢上／因为世界的全部／都是上天创造的。

宁静，就是心灵的井然有序，就是与大自然在一起所得到的那种深思，一如母爱。

意思都是差不多的，因为人心差不多，无关乎人种或国家。如果他们俩看到了这把壶，也会喜欢的。

君生我未生

朝代：唐

君生我未生，我生君已老。
君恨我生迟，我恨君生早。

当你说你老时我想我也老了

[背景]

一

日光将尽时，喜欢看天。

整个天地弥漫着一种黛青色。"眉黛烟青，昨犹他画；指环玉冷，今倩谁温？"忽然脑海就涌出这个句子。它们同黛青，同逝意。是怅然。

有时却是灿烂的晚霞，倏忽变换，备极奇丽，五色中金叶纷敷。想起他。

想起他的时候，就从黄旧的书里走出来一个女子，就像从自己的深梦里走来，秋水的眼秋云的眉秋风的裙裾，她吹起箫来，流淌的是微凉曲调。你咕哝出这首短诗，秋风就吹起来了。

她写诗不是为了写诗，是为了爱。正如我写诗，也不过是为了爱。

翻起这套很久以前买过的文集，打开底页看到出版日期：1999 年，那时叫作世纪末，所有人充满期待：麦子要结苹果大，电脑里能跑出真人来，人类要登上月球去，还能差不多人人活过 90 岁……似乎未来有煌煌的未来要来临。好像就在昨天，于今已十多年的时间，忽一抹苍凉涌上心来。消失掉的爱人，抹不去的文字，在场景的移动和置换中，经历了那么多，可好像一眨眼就走完了不会停止长旅，然而就算你死了，还会有新的日子，重新到来，一天，又一天。

人世这一场离散和相守的缘际，年年岁岁的某个时刻，某个记忆片断里，都像在承诺着一场不可厮守的纪念。

〔宋〕无名氏：《群鱼戏藻图》

譬如那时——当你说你老时，我想我也老了。

和吃饭是一样的道理，阅读是味觉的习惯。一个人的作品外界评价再好，但进入不了你的视野半径，缺乏使你提神而读的兴致。这样的"好"也与你毫不相干。就像读到木心先生的"一个酒鬼哼着莫扎特踉跄而过，我觉得自己蠢极了。"无端地，就觉得这句话美。好像从前做过的一件旧事：在玲珑的空酒瓶里养一枝花，和朋友开玩笑说过着"花天酒地"的生活。那个酒鬼就像酒瓶子里，树着一枝花。那酒鬼，他不是为了写诗喝酒，也不是为了莫扎特喝酒，可是他喝了酒，从他的嘴里流露出来的，是莫扎特。鸟鸣蝉唱一样自然，莫扎特来自他的血液内里。有人每每饮酒，偶尔爱一下莫扎特，有人每每爱莫扎特，偶尔醉酒，这是酒鬼和酒鬼的不同。

诗人和诗人的不同也在于，有的来自墨水，有的来自血液。

也有点像人与植物的不同：植物们一意一心做它们自己，单纯地生活着，生根、萌叶、开花、结实都是按着生命的自然样子。人则添了许多刻意和矫情。

美是愁人的。离开文字，也许这世间此处，彼端就少了许多丰满的守望之美。守望让生命绵长无边，生命如水，似镜。我们则是水中月镜中花，空也，虚也。如此山水遭逢般的刹那芳菲，我们用文字铺排，也许就是最真诚的时候。文字不妨可有这种轻伤之美。这也是另一种细致。

但是，并不是呻吟之大痛大击。这简直就是关门的时候被夹到了手，任你跳脚龇牙，旁人多半会笑你神经。紧要的是要学会如何不动声色隐藏大恸之禁，通常这种陷阱般的文字才更让人欲罢不能。也许我真是老了，近年来，真心爱上这种清浅直接的抒情表达，任何一种见识和阅历的抵达，不是非要以多么宏大的郑重其事的故作深沉的方式，而是对事物源自真心的热爱和期待。或只是沉默寡言的对望，那些走过的山长路远，那些朝朝暮暮的留存，刹那凝聚在光影中，美丽的风景如皎然的月色，皈依于宁静的灵魂。远隔山水的看望者，瞬间的凝视之光何尝不是心的抵达。

二

在《隐士和野兽》里，纪伯伦为我们讲述了一个故事。隐士是位精神纯洁，良心清白的人，他在山间给野兽和飞禽讲解爱情，一只豹子开始怀疑，问："你给我们讲解恋爱，先生，请告诉我们，你的伴侣在哪儿呢？"隐士回答："我没有伴侣。"野兽和飞禽议论着："他自己对此一无所知，怎么能给我们讲恋爱和结婚呢？"结果是，那天夜里，隐士倒在席子上捶胸痛哭。唉，爱情，就是这么一个叫人经过了才深知滋味的物件，诗人们得经过了，才将迷醉和痛感讲给了旁人听。

这只罐子，它讲给了我们听。

去敲一扇陌生的门，用全部对美好的准备，用全部的相信——我按照自己的意愿钻进书中，过起了日月。于是，遇到了一个女子，她坐在楼梯的顶端朝我颔首致意，有很稠的一丛月光汪在她的膝上，仿佛抱着一团云。

[情境]

此诗为唐代铜官窑瓷器题诗，作者可能是陶工自己创作或当时流行的里巷歌谣。1974-1978年间出土于湖南长沙铜官窑窑址。全诗为："君生我未生，我生君已老。君恨我生迟，我恨君生早。"也有纸本版本为："君生我未生，我生君已老。恨不生同时，日日与君好。"自己觉得，前者更好些。

近年来，也有首诗在坊间流传，是衍生的吧，看来很多人遇到了这个问题——他来了，来迟了；她出现了，他老了："君生我未生，我生君已老。君恨我生迟，我恨君生早。君生我未生，我生君已老。恨不生同时，日日与君好。我生君未生，君生我已老。我离君天涯，君隔我海角。我生君未生，君生我已老。化蝶去寻花，夜夜栖芳草。"虽有蛇足之嫌，却也道出当代人面对同样问题时的苦恼。古人们的世界，我们很多时候是不懂的，但人性的复杂，以及风吹浮世，人的卑微和无力，我们还略知一二。我听美国乡村音乐，《Remember when》（《曾几何时》），Alan jankson这样唱："曾几何时，我们心灵相交，开创美好，有过快乐，有过心酸；曾几何时，旧人故去，新人坠地，世事变迁，分分合合……曾几何时，轻轻小脚拍出动人乐曲，周复一周你我随舞，重燃爱火，找回信任，我们承诺，永不舍弃彼此……"是与道德无关的。

爱哪里分什么这里那里？古代和今天？老还是不老？爱是荡平一切。

人们用太阳的升和落划分时间成一日一日，就是要在每一日里填充美吧？就像在每一畦土地里，种上红和绿。这美，这红红绿绿里，就有叫做爱情的那一种美吧？美里面的那种美。

可是当一个人遇到另一个，心里起了光，然而，那是极昼和极夜之间转换的一瞬——不过是一瞬，尽管天崩地裂。那又要怎么样呢？要唱出怎样的歌子？

什么可以穿越容颜，穿越生死，穿越时空，抵达灵魂？只有爱，源自心底湿润、深沉的情感，才会从衰老里看见童真，从腐朽里凿掘出奇妙。爱啊，最好的是：从初见一直走到终老一直相伴，青春美好交替互转，岁月情感轮回积淀，如飞翔的双翼在时光的海面遨游，浪涛起伏的壮美，波光平静的祥和，毫无遮掩尽收眼底，从此人生的奇幻风景从不会临场缺失……这种爱本身囤积着无尽宝藏，内里财富还会层生源源不绝……

这让人想起一直喜欢的那部电影：当白发苍苍，皱纹满面的黛西与婴儿本杰明目光交集的刹那，心犹如被电流击中般的颤栗，那清澈的眼神，无比神圣，无比澄明，静穆的感动顷刻迅速滋长，汇聚成茂密的森林，青翠叠生，重峦屏障，堕入一个沉静而诗意的世界。

当年老垂暮的黛西躺在病床上，听女儿含着泪水读着父亲的日记，枯竭的眼睛，依稀闪露明媚。似水流年，眨眼泅渡，如果有来生，如果在她面前摊开无数次的抉择，相信黛西仍然会毫不犹豫的选择遇见病态的本杰明。在年少时她相信本杰明并没有外表的那样衰老，年老时她依旧在本杰明孩童的脸孔里望见了深情。生命彼此的灵魂早已在天堂圣地相遇，他们会再度牵手回到那个残旧却明亮的敬老院，回到那个他们约

〔宋〕无名氏：《疏荷沙鸟图》

定一起出海的清晨，盘旋在耳际，伴随一生的声音刻骨铭心：晚安，黛西。晚安，本杰明。

无论电影还是诗歌，时间一次次奇迹般证明着爱的丰盈和幽深，爱的美和灿烂——这美广大无边，这灿烂五彩斑斓。用最单薄的心去收存广大无边的美——一个人的眼睛能辨识两千多种颜色，如此奇迹般的礼物，怎么能不好好珍惜？我要去

看，再库存在我的记忆里。

掀去阴暗的黑幕揭开光明的帷幔，无论是顺流的生命之舟，还是倒走的命运钟摆，摇橹咿呀不停，钟声嘀哒溜走，旷日持久的剖解爱的内涵与真相，孕育并松动生命的新生土壤，去触摸灵魂的枝叶，敲叩灵魂结坠的果实。生命可以在刹那间消逝烟灭，也可以在刹那间奔向永恒。

钢琴的弦音隔着窗棂飞越屋顶，一首恋曲在阳光下摊晒灰尘，埋头深吸一口空气，尽是香味。

爱连生死都可以穿越，年龄又算什么？！如果年龄这点事都成为阻碍，此爱又有多稀罕？那些别人能从我们这里夺走的，一定不是我们的最爱。而当我们舍弃掉身边种种芜杂，省略掉一切，直奔主题之巅，取下那剑上的寒、花里的酒——爱人之心，这选择意味着我们跟从了自己的内心——凡是跟从自己内心的那些选择都不是错，即使在别人眼里不妥。

也许是一对不管年龄差距，彼此深爱的爱人，其中那个老的（大抵是男人），有一天感叹说，自己老了，配不上她了。她就劝说，道出心境，往往就破了"老"。说破了就好！说破了就不计较了。可是这里的、我们的她苦苦挽留，却还是激发不起那颓然老翁。于是，她叹息一般，呼出了这首诗。

唉，总有一天，我也成了和你现在差不多的样子，和我的现在很不一样的样子。想至此，几乎连爱也没意思了。

而含辛茹苦也好，或曾如何惊天动地，或平凡低落如草，都只是一个过程，是过去时和进行时的交叉促就了未来种种的持续。当天地寂然长长久久归于静默之中，万物都失去了理会和眷顾的根性。一切也还复它本身的面目，皆再不染尘埃。莫过于，此中有真意，欲辨已忘言。人的一生不过如此：知真意，已忘言。

人活着必须要入世，不然就得另辟蹊径，而这其间寻觅的过程是难以述清的艰深，鲜有人能够轻而获取。有时须容纳很多探索的时间，俗常之人，匆碌短暂的一生，能拥有多少定力可以去消耗。所以，娶非最爱、嫁所不爱、不情不愿的人生到处都有，那是生活需要心灵坦荡承受的内核所在。正视现实，不惊不惧，一点一点消磨，或去留决绝，都是好的。倘若不，就算如诗歌里所述，那般胶着纠结，时间也自会担当并解决一切疑惑与不明。

而最初的雨水不曾被丢失。我们在 21 世纪的洞穴中，看见它们依然那样洁净的流淌——雨水落在木叶上，打动我们，仿佛那些远古的人们还在某一个不远的村落里，筑火而坐，唱着奈何奈何生别离的歌。

我知道，开在枝头的玉兰是恍惚有过的春天。写诗的女子，她是在月光下踱步的姑娘，为他而挽起的鬓上，插着绿玉。在火堆旁边，她的眼，闪着光。

她企望时时、永远和他在一起，可是就连偶尔也不能够。然而永远不是形容词也不是量词，它是一个名词。相亲相爱才叫做永远。就像她一定经历过的，爱情故事里的男主人公总要轻易说：爱你就像爱生命，我可以将命给你。

我要你的命做什么用？我要我们一起白发苍苍地老去。

她和我们，其实也还有他们，一起唱着这首歌。

[尾声]

世界上不是所有的好文字都是有意义的，一些好文字可以是没争辩没是非的，甚至可以没意思；一些好文字则是动听的歌子，仅仅是那声调音色和律动，联结着彼此的回应和感受，联结着万物的信息，那么传递和沟通是可以超越思维的吧。听着那些声音，似乎也要脱离开什么。爱情的歌子有时只要动人就可以了，不必承载许多。

诗中的无奈可能是由于年龄的差距，还有距离的远近，还有穷和富，地位的悬殊，还有乱七八糟什么都可以横上一刀的道理，只是排除了真情。叫人想起泰戈尔的名篇，这英文的原文，且权作音符配起乐来好了。可以吗？

最远的距离

By The furthest distance in the world

世界上最遥远的距离

Is not between life and death

不是生与死

But when I stand in front of you

而是 我就站在你面前

Yet you don't know that I love you

你却不知道我爱你

The furthest distance in the world

世界上最遥远的距离

Is not when I stand in front of you

不是 我就站在你面前

Yet you can't see my love

你却不知道我爱你

But when undoubtedly knowing the love from both

而是 明明知道彼此相爱

Yet cannot be together

却不能在一起

The furthest distance in the world

世界上最遥远的距离

Is not being apart while being in love

不是 明明知道彼此相爱 却不能在一起

But when painly cannot resist the yearning

而是 明明无法抵挡这股思念

Yet pretending you have never been in my heart

却还得故意装作丝毫没有把你放在心里

The furthest distance in the world

世界上最遥远的距离

Is not but using one's indifferent heart to dig an uncrossable river

不是 明明无法抵挡这股思念 却还得故意装作丝毫没有把你放在心里

For the one who loves you

而是 用自己冷漠的心对爱你的人

流传于网络的《最远的距离》是否从这里得着的灵感呢？尤其是后面的那几句：

"世界上最远的距离 不是树与树的距离

而是 同根生长的树枝 却无法在风中相依

世界上最远的距离 不是树枝无法相依

而是 相互瞭望的星星 却没有交汇的轨迹

世界上最远的距离 不是星星之间的轨迹

而是 纵然轨迹交汇 却在转瞬间无处寻觅

世界上最远的距离 不是 瞬间便无处寻觅

而是 尚未相遇 便注定无法相聚

世界上最远的距离 是鱼与飞鸟的距离

一个在天上，一个却深潜海底"

由此，还会想起一首白族民歌中的一句："想你不能跟你走，爱你不能做一家人……"这样的歌子也是在讲萍水相逢吧？山川依然在，人已走远，一别不会再相见。还有的情歌这么唱："一根竹子十二节，一天想你十二回……"还可以吧？没那么惨，好过一回就算了，说的不过是思念。可是最打动人的还是悲剧——不能听"想你不能跟你走"那首，一听，就仿佛人生里所有的离悲欢合都藏在这里了，碰一碰，痛得很。

一切都败坏完了，就连食物也已无法插嘴，难道像样一点的爱情就可以保得住吗？想既然白想，那就不要想了。这世界，咳，这世界！……

读毕此首，推窗远望，灯火正流萤。

附:

是什么让我们安详起来

——在中国清华大学残障企业家与青年作家联谊会上的讲话

简　墨

各位尊敬的企业家女士、先生，各位朋友：

大家好！

非常荣幸，能同我的作家朋友们一起，同诸位结一个好的缘分。在佛家来讲，就是结一个欢喜缘。

这要感谢我们内蒙的朋友们，他们辛苦工作，行程细节都安排得精心而稳妥。因为你们，草原在我们眼里更加美丽了。我谨代表我的同行——分别来自宁夏、陕西、上海、山东、江西的5位同仁，以及我们内蒙当地的5位作家，向组织者以及清华大学 CEO 班 170 位优秀的企业家朋友，致以深深的谢意！

我们的活动才刚刚开始，然而正如《论语》所言："四海之内皆兄弟也"，不同职业、不同民族、不同地位……在这个欢聚的时刻，尽皆抹平，在广深、可爱的大自然的怀抱中，每个人都还原成了一棵草、一棵树，平日里许多个动荡不安的"我"，变成了一个安详的"我"，开始学会"正受"，祛妄想，无杂念，只见眼前大光明：共同品味一千年前王维"征蓬出汉塞，归雁入胡天。大漠孤烟直，长河落日圆"的壮美景色，共同体验杜甫"朝进东门营，暮上河阳桥。落日照大旗，马鸣风萧萧"的阔大胸怀……当然，还有李白，我们在这块土地上，可扎实享用李白在乐游原上时挥就的"西风残照，汉家宫阙"的绝世文笔，更可藉此遥想比一千年还要远上一千年的汉朝的关山美人琵琶、大漠英雄骏马，重温那首名叫《格萨尔王》的史诗，以及那部名叫《嘎达梅林》的短调……想来职业、民族和所谓地位，以及上天给予我们使命的多寡、略有的不公……在这样美好的景色和这样美好的诗句、这双重的美好面前，又算得了什么呢？世界是能量守恒的，一切所谓的好与坏，都可以看作是生命的恩赐吧？

我们回到自己的心，向内观照，就会明白，原来那样的一副躯壳，就算伟岸如姚明、迅疾如刘翔、富比乔布斯、贵过奥巴马，也仍然不过是我们寄存世间之物，是软弱、脆弱、不堪一击的，无论怎样的不可一世，原本安详的我们，终将失去，无一幸免：失去健康、失去青春、直至失去生命，所谓病、老、死。

既然真相如此，那么，为了重获安详，就要靠我们自己，像进补中医里的补药一样，来增加一些什么，置换出那些可怕的东西：增加与大自然亲近的时间，增加阅读美丽歌诗的机会，增加孩子的单纯和老人的慈悲……当然，还要增加挚诚的情意，你与我，你们与我们，我们之间的欢喜缘分，这难得一会的友谊。而这些情意，才是我们不可丢弃的珍宝，是可以陪伴我们、支撑我们生命真正的、强大的力量，使我们不再活得轻薄如纸，而渐渐厚重，成一垛城墙。

最后，祝福所有的朋友，快乐，健康，幸福，安详！

谢谢大家！

2013 年 8 月

我的树（代后记）

我爱自然，其次是艺术／我向生命之火伸双手取暖／火快烧残了，我也准备离去。

——沃尔特·兰道尔

为什么，我想一想我的树，就忍不住了热泪？我是如此的想念她们，以至于非要把一个好大的花盆用手挖了土，栽种上一粒种子，草本的花木。每日看她，发芽了，我就灌溉，欣喜若狂。现在，她在我的阳台上，像一个漂亮丫头，日日疯长。

我把她叫成"我的树"。

我开心了，看看她，就更开心；不怎么开心了，看看她，就开心了。我不晓得这是什么缘故。我因此更加开心了些。

就这样混沌着。好多时候，好多事情，混沌着比清醒着更愉快似的。那就混沌。

对于窗子外面蜂拥而至的夏花，她什么都不关心，只担着自己尽气力向下扎根这一桩事体。她生长得十分有序，慢慢长成教养良好的闺秀——叶子是一对、一对、对应着长的，像一对一对恩爱的小爱人，谁也离不开谁。几乎是每天早上，她顶端的那一个花苞样的绿骨朵，就绽开一对嫩嫩的新叶，驮着两颗相互盖着盟誓印钤的小心脏。十字插花般，一天一个样儿地水灵、丰腴起来。深长的睫毛一样，它们上面都有着毛茸茸的小刺，青气四溢。

每每对视，我们都陷落于对方睫下。

有时，我会吻一吻她最顶端的那一对叶片——几乎每长出一对，我就吻她们一次。

因此，每一对叶片都有我的爱在上面。

她静着就工笔，风吹吹就写意，没有什么比她更好、更美丽。

出差一个礼拜，之前交代家人，干透浇透，否则根会被泡烂的。一俟归来，我竟一改放下旅行包即擦地板的动作，径直去阳台看我的"树"。天！也许家人太听话的缘故，她干得透死了！几乎"口唇焦裂"：叶片像睡熟的黄狗，耳朵耷拉下来，最顶端的绿骨朵也缩着身子，竭力保存着体内的水分……我立刻接水浇上，她咕咚咕咚喝下去，完全不顾一个姑娘的体面和教养——哦，她当然是一个姑娘，并大眼明睁，风姿娉婷。那模样可真叫人心疼。

这之后，我在擦地板和自己洗漱之间，每过 5 分钟便怕怕地察看一番她的脸色和样子——她开心了吗？她舒展了吗？精神一些了吧？不会有什么事情发生吧？……那一个小时做家事的时间里，我像担忧一位亲人的冷暖一样，为她焦虑不安。

当然，很快我就笑了：她的双双的叶片，重新挺立，干净透明的小裙子一般，在我的眸子里闪着油滋滋的光亮。

我相信，她们之所以如此活泼和安宁，除了阳光和水，有好大一些是因了我的爱的缘故。

真心倾注在所爱，是爱的植被永远汁液饱满的奥秘。万物皆如此，何况植被这个明喻本体？

至今，还不晓得她叫什么，开不开花。她像一个大秘密。但这不重要。她美着就好。

还想念庄稼。

我看电视，除了好电影，主要看央视 7 套的"农广天地"、"致富经"和"科技苑"。看得够多了，可为什么，每次看它们，还是每每激动得要扑给田野？昨天看的，也看过多次类似的农事种植推广，仍忙不迭地做起笔记：

选种子—浸种子—用高锰酸钾给种子消毒—整土做畦（用大的犁耙平整土地）—用小棍子和地热线分开垄—用大木板轻轻拢平土—撒种子用喷雾浇水（得多温柔？不能直接泼水——那太粗暴，必须用喷雾；不能多，怕冲了种子；不能频，怕沤了种子）……

唉唉，这种节目，平铺直叙，述而不论，却惹得人难过和牵挂。

一晃，都芒种了。今天，把废弃了一个大花盆整理出来（好脏的，一直在楼道里。我这个素来有点洁癖的人简直是呕吐着肥田的——得先弄肥了土对吧？），想种一棵玉米和几棵大豆（围在边儿上）……我不为收获，只为开心——这样侍弄她，就开心得一直哼着歌儿，像心底流淌着一条温暖的河流。

当然，更没有亵玩的意思。一丝都没有。

像我对我的书写，完全为着我的心。没有一丝的谄媚和博取之意——如果说最初的入展和发表还有喜悦的虚荣在，那么，母亲的事情之后，那一丝虚荣早逝去无踪。

我种植也完全是为着我的心。

这当然是一场再郑重不过的种植，如同一场再郑重不过的恋爱。

阳台没有灯。每到夜晚，我站在那里，便会听到她"刷拉""刷拉"的细细的笑声，在空中抓一把，甜津津的。我晓得，那是她在骑着露水赶路。

闻弦歌而知雅意，经由她一句"咿……呀……"练声，慢板起调，和声四起。

因为她，我坐拥了天下庄稼，并用日日更新的牙齿，咀嚼着有关她和我的幸福。

我看她是森林，她看我是全人类。或者干脆倒过来：她看我是庄稼，我看她却是人——她如此安静、守常，一言不发，我们如此喧闹、浮躁，沸反盈天……唉，她分明比我们更像人一些。

学她的样子，一言不发。再看下去，看得久了，她我便疑心彼此同类。我们如此亲密，炸都炸不开。

她要一点维他命 C 片，和干透浇透、可以不必天天惦记的一点水；我要一支笔，和尽量少、不必饱、可以每日两餐的一点饭。我俩所需都不多，整日整日地不说话。

可以天种天收、可以自给自足、用最少的形体、部分的羞涩、尽可能的纯洁以及几乎全部的沉默来活着的那一类。

她是我的乌托邦，我的梦想。也许我也是她的。

如是：她还没有发芽，我已和她同体——同了那个清新自然温柔和平的生命本相的身体。

彼此饲喂洁白的贞静和忠诚，内心还存留了感激，以至歉意。

就这样，她和我们对了脸儿默读，莫逆于心，面沉似水，却深知彼此是彼此手指上的火把。

她因此重新生养了一次，我们因此再次获取了从我们身上出走的力量。她和我们相互孕育，彼此分娩——哦，这是多么的不可思议和教人惊喜。除了最美丽的那种爱情，似乎没有什么可以做得到。

二

我们一不小心就买了这么多的书，文学名著、画册、字帖和有关艺术的书。

即便已经读了 10 遍、20 遍、30 遍……半辈子，她们依然可以像拍死一只蚊子一样，把我们轻轻巧巧就撂倒在她们的石榴裙下。我们被她们奴役了。

或者说，收留。

不同的母亲生下了不同的我们，而她们，是我们同一个的养母。

母亲们是我们人间的母亲，暂时的母亲，她终究走远，去到她独自享用春光和温暖、不用再劳碌和操心的地方，母亲呵，母亲，她如此心急，哪管幼小的我们不舍的目光，甩开我们挽留的手臂，无视我们呱呱追跑的小脚，无闻我们无望无告的泣哭……哦哦，我们痛别母亲后，望向她消逝了背影的转角呆立许久——许久也还是要回身的，因为在这许久的伫望中，儿童的我们已不觉过了青春期，身体已长到母亲那么高，心灵也已苍老无比。到绝望时，我们回身，红肿着眼睛和脚踝，不顾一切，扑向她们的怀抱。

她们的抚爱使得我们的伤口长成微笑，那些每每淅沥细雨、大雪满天都会打回忧伤和伤口原形的微笑呵……她们是我们天上的、永久的母亲。收留吧。

她们蒙以养正，养我们劳累呵，累得这么老了，老掉了牙，我们却如同爱她们的照片一样爱着她们，像她们红颜不老。我们当然不在乎她们今天在他们眼里已略嫌过时的衣裳。他们？不爱她们。当然，她们更不爱他们。

他们不配。

她们是一些真正的射线，准确地、源源不断地发射给我们，具有打通我们的一切感官的能量，我们因此获得了放肆的想象。让我们感到，人生在世莫大的愉快也不过如此。事实也的确如此。它比一切其他愉快都更愉快。这是他们——没有阅读经验和优质阅读文本经验的人是无法想象的。这是传达者和接收者的双重胜利。

她们有时更像一个月老，那个著名的灵媒人物，高高在上，明睁大眼，并看见一切，洞察一切，抛出红线，准确地缚住我们的手腕和脚踝，将我们和我们心仪的对象一一绑定，结合在一起，获得幸福。我们任何一对统统被这热辣海潮似的幸福打懵，醒来后，我们不约而同深长叹一口气——因为谁都晓得了：我们将幸福终生。

这突来的幸福是如此之剧，第一次的痛和醉一样剧，以至于完全值得为它哭上那么几回。

我们当然不在乎他们蹲在路边的讥笑嘲笑讪笑皮笑肉不笑。

不用表白，甚至不用辩解——善不用辩解什么，也不用躲，只有恶才喋喋不休，步步进逼。

可回转身来，面对她们，我们意兴满飞，激切不禁，我们语无伦次，言不及义。我们愉快，乃至幸福。

因为这样幸福，我们充满力气，没有什么可以将我们轻易打倒。好像可以这样过下去一百年。

我们因此多活了足够一百年。

三

因为她们。我们几乎是一切。我们无所不能。

她们是什么，我们就有什么；她们赐予什么，我们就开放什么；她们爱着什么，我们就爱着什么。恨也同样。

为了她们，我们可以饥肠辘辘、衣不蔽体地跋涉，胸中鼓荡着什么，天天都像发着低烧。我们不知道，如果没有她们，我们将拿什么去安顿我们的灵魂？

为了她们，我们发明了事业，开一条江河，顺着波峰浪谷用一生的时光去沉浮；为了她们，我们发明了爱情，凿一个洞穴，穿越坚硬与柔软一往情深；为了她们，我们发明了艺术，融化于花与叶与根的美与坚韧；为了她们，我们发明了宗教，设计了升入天堂的秘密通路……因此，所有的苦痛和灾难都可以避免，所有的罪恶和不幸都不会发生……所有的美好都将长久留存。

我们能够放下什么，我们又能超越什么？

生命的尽头在哪里？是山的那边还是山本身？是海洋？是终点，还是轮回的起点？不晓得。唯一可以肯定的是：她们在那里。一直在那里。这就好。

缺什么？须贡献什么？……哦，要牺牲的。一定有。那么，来取。

须贡献我们的骨骼、血液？有短剑、长钉，木枷或十字架等在前面？可以。

有时也脆弱，譬如，因为痛，差点就转过弯道，加入了告饶、长跪、朝觐与歌颂的队列。但羞愧的泪水从天而降，洗刷掉我们差点成为的耻辱，我们继续跋涉，哪怕芒鞋踏破，打了赤足。

只有痛过，以血祭了，昭示了贞洁，她们才放心了，信了我们的忠诚，才肯化作我们的飞毯，以笨伯之躯（亲爱的她们呵，总在孕育）领航，载我们飞行。

四

劳动。是的，劳动。这是唯一使我们如此不知疲倦的理由。

不停歇地劳动，并尊重一切劳动，似乎心跳一样，不离左右。

我们因此有了伙伴。

他（她）当然一样粗手大脚，赤棠脸色，玉米或高粱的刀片似的叶子把脊背纵横划成皴染美丽的画图，水稻或麦子母亲呼吸似的馨香把鬓角抚摩爱抚成悠长动人的乐句……哦，母亲！

母亲深恩一般，她们血衣浆胞地生下我们，顾不得洗净头脸，便脚步略略跟跄地，捧着、追着见风就长的我们，教我们牙牙学语，蹒跚学步，并用小镰小铲，学着劳动……这当然是我们又一次的出生。

我们的母亲和恩师呵。

在这大地上，我不知道还有什么，能比得上她们美丽，美丽得教我们禁不住流下泪水。

就这样，一群伙伴，我们，呼唤着彼此，忆念着她们，开始了我们的长征。

那样的劳动，怕不就是长征？高天厚土呵，一垄一垄，长得连上了天的地垄，点种、插秧、锄草、收割……都需要弯腰成弓、恭敬恭呈的长征？

有脚，长征无非路；有手，劳动也是歌。

当然，有时也怕。

怕虫灾肆虐，怕大寒大旱，怕种子长来长去怎么看怎么像秕子，怕收获时节稻草人无论如何吓不住燕雀的攀食祸害……

可是怕又顶什么用？只有用更坚实的劳动去顶。

要洒下最懂得自卫的药水来顶住那虫，要广罩最懂得照拂的大棚来顶住那寒，要引来最懂得滋润的河流来顶住那旱，要细选最懂得谦逊的种子来顶住那秕谷，要铸造最懂得警醒的洪钟来顶住那燕雀……

要喷杆、灌根、掰杈、压枝……要劳动。要像一粒汗水向一粒麦子行进的勇敢和坚定一样地，黑夜白天，不停歇地，劳动。

当然，手中茧子会更厚实，额上皱纹会更深刻，腰背会更弓如弯月，笑靥终将老成箫声……但是，难道如此就要放弃劳动吗？

不劳动的我们，怎么敢回望她们的目光？两位值得终生感激的、无论老去还是离去，都永远在回望我们的、生身母亲的目光的目光？

我双重的生命，凝重而轻盈、丰满而娉婷的身子和心灵的来临，原来全是为了她们——她们和她们。

五

是的，我看不到大地。我只看到你。

你一株一株，或一束一束，立在这里那里，踏着腐殖，抓紧大地，不移动半步。

你如此多棱，每一侧面都不同样子，且彰显斑斓，且哑光潜隐。

你雄壮就木本，温情就草本；你俊朗就乔木，敦厚就灌木；你无花就惊鸿，有花就风铃；你呼喊就爆裂，绽开身躯，不惜露出颗颗红心；你肃静就尽敛，收束腰身，森严包裹粒粒珍珠，除非剥开层层寒衣……你胡茬犀利，粗粝锉刀，就硬汉；你美髯飘飘，柔软甜须，就哲人……你转身，就女子，说婆娑就婆娑，说婀娜就婀娜……

是的，你是白桦，是合欢，是银杏，是紫荆，是须兰，是串红，是石榴，是玉米……这大地上，凡有根须的，都是你。

你被子，就含蓄；你裸子，就挚诚。

你鼓一鼓臂上肌肉，就光合作用，就葵，就普照；你现一现心底慈柔，就细心滋养，就藻，就润物。

我在雨里撑着伞，还嫌风硬，冷得抖；你在风里，横眉冷对，自己做伞，从没怯懦。

你匍匐下，就是海——草也是你；立起来，就是山——松也是你。

你多长啊——你至柔在非洲的热带森林，300多米，是高山仰止、无数打着圈圈不定气根盘旋上升的白藤；

你多高啊——你正直在澳洲的原始湿地，100多米，是爱上层楼、鸟在上面歌唱如蚊子振翅微弱的桉树。

你是战士，在菜园、果园……田园周围，变身质朴的木槿、勇敢的枸桔、持枪立正的女贞以及热情四溢的三角枫，做着不辞辛劳护卫着的绿篱；

你是少女，在花圃、果圃……苗圃群里，变身端丽的百合、顽皮的石竹、性情绵软的海棠以及清平澄澈的水仙，做着努力开花劳动着的红颜。

寒冷、酷热，不怕的，什么时候没有你？你忍冬，渴饮清露；你伴夏，饥餐罡风——你美好而无穷的能量原来来自"不怕"。

你不怕，我就不怕。

其实，也可以说成：我不怕，你就不怕。

"不怕"，就是我们彼此示爱的关键词——简直就是我们彼此示爱的唯一的词汇。

我是你的祖父和玄孙，也是你的女儿和母亲；我是你的妻子和情人，也是你的丈夫和兄弟。

别管头上有些什么，树冠还是花冠——我当然也有着铁打的肩膀，分掮了你的一些负重在上面，还用力散发些创造着必然散发出的、热腾腾的香气。

你是男子。你是女子。我也一样——可不单单是众人口中蔷薇凌霄温软娇弱女小姐。

唉，说到底，其实不用多好，也不必多——你的静默沉着，不发一言，仅此一项，就足够我爱上。人和你的德行如何能比？又岂是人可以习学来的？哦，叫嚣的人，轻浮的人，软弱的人，暴戾的人……该复杂时简单，该简单时复杂；该聪明时糊涂，该糊涂时聪明；该高尚时卑鄙，不该卑鄙时卑鄙……我们低级的人呐——包括我——外在得可怜。这是你——叫做植物的、我们需要仰望才得以望见的高级生物所不可想象的。

你布满所有，包括我的身体；你是一切，包括我的爱情。尽管你错过了我的年华，错过了我转世时一闪而过的脸颊——从那一季开始，那个又收获又播种、金风飒飒的仲秋开始，我当然也成为了一株植物，一株你年轮之外的晚生植物。这多么荣幸。这难道是真的？

我看不到大地，我只看到你。

六

来，请你，请你把一千吨月光狂飙一般为我倾泻下来，深深掩了，并等待。

等待软软的风的脚丫，踏过，痒痒地触着了；等待斜斜的雨的眼波瞟过，漾漾地皱起来，等待你墒情馥郁、蠕动饱胀的大散曲，力拔千钧、铺天盖地谱写起……等待我的醒来——你磅礴写诗的岁月，我才从老旧废弃、花纹好看的河床上惺忪睡醒。

我静静地躺在黑夜里，好像一匹展开的绸缎。

星光照耀，月亮像鸟儿一样，动听地鸣叫。

你把青草翻开，簇新的泥土味道在阳光下绽裂。野草子静静开放然后凋谢。有清脆的布谷歌唱声声，在寂静的空旷中回荡。

饿了你来饲喂种子——那种子是粒粒精选的，饱满，浑圆，润泽，顽皮；金黄，乳白，赤红，酱紫……那些缱绻的体态和颜色，全部都给我。

渴也不怕，你在身边——即便你离开时也都在，满天满地……从施肥到间苗，从松土到锄草，从血液到汗水，从醇酒到旺泉，那些伏身弓腰流淌喷薄……全部都是你。

我能给你什么呢？只能捧献一点薄粥，略润你因炽烈而枯干的喉咙，递上一方帕子，擦一把因劳作而染尘的口鼻。

不过，你终究领受了，我薄粥、短帕的全部情意。与有情人做快乐事，苦也罢累也罢，又有什么关系？你口中的粮食和水，那都是我。

唔，他们啊，每一个都有小名儿：玉米，稻麦，红豆，高粱……都是精壮壮的儿子，踢打得有劲儿。我习惯于用世界上最轻的声音呼唤他们的小名儿，在他们还在我煦暖的子宫里酣睡的时候。

——是的，我是大地的子宫。我是田野，你千里跋涉的温柔——你在我身体的田里，已往返万次（哦，还将往返万次），那里程怕不早有了千里的辽阔，以及抵达心房的芬芳？

当然，也会有一枝湿淋淋的桃花、李花或栀子花在我的躯体内孕育，如晚风中的鸽子扑拉拉开放了飞翔。她的子房和花柱将遍布颤巍巍的可爱绒毛，灯笼一般照亮我的体内……哦哦，她当然是细嫩嫩的女儿，粉嘟嘟着水滑的小脸庞，圆滚滚着肥厚的小脚丫，等我格外轻柔的抚摩，和血泊里格外漫长的临盆。

那时，定有你在身边，万物作响，这全部来自你胸口的声音，响着无边的热爱和炽烈。你因日夜不停歇的劳动而显得格外壮硕，胡茬荆针般倔强，额纹地垄似深沉，可你醉了一样地微笑，露出缺失了一颗的牙齿，并用花朵一样开满厚茧的、河流般浑浊的大手，为他（她）们慈爱地摩顶、洗礼，止不住地亲吻他（她）们——唔，还有……亲吻我。

嗳，我简直能看到你脉络里清晰流动着的精灵呢，它们一直一直一直一直……就随了清风渗透进我心深处，把最柔软易感的那一处弹拨出圈圈涟漪……也终于让热爱无处泅渡，在这样杳森的大地的中央。你血流充沛的万马嘶鸣倾注我的身体——哦，我会为你把身体全部打开，地气蒸腾。

也许会有暴流如注洪水滔天的时候，但那我就退缩了么？不，因为有你和他（她）们，我手上油纸伞样的菟丝子会擎得更高更坚定。

当然也不能排除天气酷旱，长河断流，而大地龟裂那样的阵痛只能让我躬起腰肩，以口中津液，和深吻，来滋养你和他（她）们，来驱赶那撒泼的蛮荒。

更不是总有春风喜雨，四个季节有四种不同的甜蜜和折磨。我甘愿领受。我只在意我为哺乳所准备的一切是否周全——我热腾腾、香馥馥的身体日趋丰腴，如同秋天的穗子一样潜隐沉着。我口唇润泽，胸部胀满，粉红了双颊，甜柔了心地……朔风刚硬，偶尔会钝伤我的耳膜，但有什么关系？指尖温软，我就能感受你飞翔的翅膀。

我静静地躺在黑夜里，好像一匹展开的绸缎。

星光照耀，月亮像鸟儿一样，动听地鸣叫。

七

灵魂啊，就是我们务实再务实、事事求回报、时时逐利益、以赚钱为当务之急、再也顾不大上了的那种东西啊。如你所知，即使我们赚钱的神经松弛下来，也会在亚健康状态中惶恐地去追逐健康……我们拒绝不了追逐。这不应该吗？很应该——因为我们只有一次生命。我们从来没有像现在这样关注过我们自己的财富和身体，关注皮肤、毛发、指甲乃至肝、肠子、颈椎和胃。而与之相对应的流行文本们，充斥了中产者和准中产者的欲望气息，打开物质浮华和身体的种种欲望——完全打开并不准备合拢。我们的灵魂却从此徘徊于小川、窄巷，人生无味，高度自囚，渐渐被掏去了自己的精神立场，成为我们身体的幕僚，我们原本生而孤独从而更添一层孤独，从而成为一个比一个更空心的空心人……这不应该……不应该的——因为我们只有一次生命。

在这个时代，有谁想要去跋涉、去寻找和妄图照顾在那欲望中沉浮的灵魂，就会被人耻笑为自讨苦吃或无病呻吟。没错，有时苦是要讨来的才终究甜到心尖，而每天灵魂无病也要呻吟上几回，要不怎么叫"灵魂"呢？越是在一个不相信灵魂的时代，生活越是物质化、冷漠化、沙漠化和娱乐化，一些人就越要安静于一隅，或面壁而坐，或曲肱而枕，去思索一些人生的终极问题，去探究除了吃饭之外的思辨领域内的问题，最粗颗粒、最朴素的问题，诸如生的意义，理想的意义，人道和关怀的意义，责任和使命的意义，人类到底有没有恒定不变的价值，人生有关快乐和忧伤的本质等等问题。不能不承认，在物质欲望化的生活中，个体生命的独特性正在消失，人难以忠实于自己。面对这样的现实，灵魂带着茫然、苦痛和愤怒，蹙眉质疑人的生存质量，啸叫人究竟要到哪里去……我们不明白那些生命里的巨大的隐秘和究竟，譬如死亡，譬如爱情，譬如内心荒漠中深埋的弘毅和渴望，人性难以想象和尽述的复杂和自觉……我们不明白，也守不住了。

八

守住。我轻声咕哝着，也提醒自己不要沉沉睡去，在这很容易就睡去的子夜。

因为有肥胖的田鼠会一缕魂魄似的溜来。它们还不像他们，他们不过动动嘴巴，嘲弄、污蔑、威胁、恫吓而已，它们虽然也不过动动嘴巴，却是要狠狠下口，啃食、撕咬、嚼碎、吞噬的。

不光啃食、撕咬、嚼碎、吞噬果实，还要啃食、撕咬、嚼碎、吞噬青苗、花朵、根须乃至种子。

哦，种子，那是她们呵，我们的生命里的钻石！戴着漂亮的碎花头巾、一不留神便笑成没边没沿的春天的种子呵！

抚摸着她们娇弱、苍老的躯体，她们洁白、疮痍的心脏，她们雄迈、温柔的血脉，她们坚强、无依的未来……我们的心不由得柔软如缎，并大睁了双眼，并航标一样转动，希图在黑暗的大海一般的麦田里搜索到那罪恶的源头——昏暗、乱动、窃喜、好色的眼睛，以及尖细、彤红、翕动、垂涎、几根稀疏的贪婪胡子难看地翘动着的嘴巴。

守住。我再次叮咛自己，像远行前对美丽女儿的嘱托和对与她相伴的同路人的拜托。我是如此忐忑不安，放心不下。我们已经经不住失去。

雾霭也漫过来了，扯天扯地，不要命地迅跑。当然是想在最暗的时刻为那些嘴巴做成最有力的屏障，和伪装。

是的，伪装，它们可以给雾霭打扮成身着燕尾服的绅士、身着动辄数万人民币或美金休闲装的商人、身着花花衬衫的大艺人、身着笔挺西装的小官人……我得日日夜夜大睁了双眼，识破这天衣无缝的伪装。这太难了，也太困倦。我几乎再一次想到退却。不一定投诚、却一定昏睡的退却。

哦……不。绝不。戎装好看，哪里抗拒得了它的诱惑？诱惑有坏诱惑，也有好的。我爱了这好诱惑，也必爱下去，才是唯一的、光明的出口。否则，爱要如何宣叙？又拿什么盛放？

也没有理由要求伙伴的替换。我刚上岗，武器还没擦亮。况且，看看伙伴们巡视一天、疲累得东倒西歪、怀抱枪支、席地蜷曲、草草休憩的身影，我的心疼痛难忍。

他们不是出生在城堡里有着金色头发的王子（公主），也不是崛起在马厩里能一掌拍死头灰熊的骑士，或只懂得在飘窗前把玩着金苹果等待恋人亲吻的女孩。他们是最平凡的孩子，只因了血脉贲张的驱使而来，并被分配了武器。我爱他们。

还记得，刚来时，一个军用水壶，我们推来让去；一件御寒衣裳，我们各披了半爿……你的饥渴，我挂念；你的体温，我揣上。夜无边啊，我全没忘，全没忘……夜好冷好长！牙齿在战抖，双脚麻木，颊边也挂了霜……

没有关系。我知道，你知道，我们因为这同一个的心爱，将相互体恤，将永不分离。

忍住，忍住……要忍住那样的疼痛，就需要这样明亮的眼睛来守住。守住收获，尤其是种子。

守住，就会用明亮的眼睛逼退昏暗的眼睛，和那随时一哄而上糟蹋一空的嘴巴；守住，就有天亮，和天亮后"轰隆隆"的收割的机器方阵，来收获我们的收获。

守住呵……

九

突然地，我就盲了。

看不到，一切都看不到了。你的坏，你的好，你的霸气的舞蹈，无敌的笑，你的温存的眼波，可爱的嘴角……苍天见怜，还余了你葵一样鲜丽明亮的气息装在我的鼻翼里，不曾散去。它甚至越来越浓郁，越来越廓大，充塞得我无法呼吸……而自由的呼吸，对于自如的歌唱或舞蹈是多么的重要！……我是一名舞者啊！

我多么慌张！

如果一定要盲，那么就该在看到你之前盲掉才是啊，如此我才能看不见、触不到、记不得，你的容颜。

你在哪儿？你，在哪儿？？你，在，哪儿？？？……我的亲密的、另一个自己一样的舞伴？

每天我都想着你，默念你的名字，用无法忘却的我的心意，用来不及的絮语和诉说。

每天都说没事没什么，可为什么，简直忍不住了热热的什么？

而荒原寂寂，除了我自己的一迭声慌张的问询，连个回声都没有。

没有人晓得你去了哪里。甚至，没有人晓得你是谁。连探听都无从探听。

不是没有等待，等待了，在这长长的夜，我在风雨里，夹了胡乱塞了几件换洗内衣的包裹，在街角边，你来时必将经过的地方，瑟瑟抖着，等你回来拍一下我的肩，我便跟随你，随便走到哪里去。可是，是不是因为夜太黑，风太硬，雨太冷，路太滑，你回返的身影才终究仍杳如黄鹤？

你有什么样的苦楚和无奈？要如何伤悲才能如此决绝？你的眠食是否晨昏无序？怎样才能抚平你的伤痕？你去的远方到底多远？什么时候才是归期？是不是你像研制秘密武器的那些职业人，因肩负了不可说而必须做的神圣使命，守口如瓶，如同永远的单身汉一样，辛苦、孤单地悄悄隐匿？……也许，你注定要远走，正如一些人注定要找寻。

我的心痛得流血，泪水洗白了天空。

也曾有医家来医我，别的舞伴来就我……可是，那管什么用？只有你能医我，只有你能伴我，翩然起舞。

雀麦草从来没有停止过生长，夜晚也一样——每一秒钟我都在思念你。

那思念如同蜂子炸窝，穷凶极恶。我无由抵御。

也曾试着忘掉，全都忘掉，一丝都不要存留有关你的记忆。于是，把杆成了我每日不离左右的手杖。可，我的拼命练习不过让我更深刻地记忆着你。

没有任何办法。

于是，我手执好心人递来的盲杖，上路，把你四处找寻。身子坚定无比，心却左右彷徨：如果不能找到你，我要怎样才能胡乱挨过剩余的生命？

如果没有过看到，就不会晓得看不到的苦；如果没有过对视，就不会晓得懂得的可贵……那润物细无声的眼波，那小荷才露尖尖角的心意，我都明了……可是，可是……我盲了。

我在白天走，在暗夜里行，为了吓住犬吠狼嗥，更为了自己壮胆，我大声歌唱——那实在不像个歌唱，任谁听了都要停下手中活计，泪流成河。

我找寻你的踪迹，分辨你的声音——世界广大，纷纷扰扰，到处蛮荒，喧嚣四起……要怎样才能看到你、听到你、让你再次看到我、听到我？

盲杖"嗒嗒"，配合我的心跳。它艰难探取着方圆一尺的范围，我的心却随这声响，飞翔得渺远无任。

有时会跌倒，脸颊也会被戕伤，结了疤，再掉了疤……头发一百年没有清理过了，她往日的秀丽光亮柔软清纤，都化了丑陋滞涩铁硬辛酸……唉，尽管我晓得你爱我不仅仅是因了我的美丽——当然不是——可，我还是希望你看到的是我好看一点的容颜。

糙陋的鞋子早破损得丢在道边，脚趾已经在滴着鲜血——它们曾经多么娇嫩和白皙，今天就有多么粗粝和黧黑。除了荆棘和水泽，也难免会趟到泥淖和粪污，还有孩童们有意无意的讥笑和掷来的瓦砾石块……因此，它们还挟带了不洁和羞辱。

但为了找寻你，我怎能不忍了疼痛和心伤？

相信吗？纵然失掉双足，我还是能抵达你。

没有人比我更深刻地爱你，即使，终究，我们注定要分离。

只要找到你，不管南北东西，在我就过往一切都如甘露。

一饮而尽。

可是，对于你，我是那么在意，在意得小心翼翼仍提心吊胆，在意得低进尘埃仍自轻自贱，在意得冷汗涔涔仍怀中抱冰，在意得虽焦渴无比仍舍不得饮你半滴——你当然是我的甘露。那样神圣的天赐。我对自己毫无办法。

我额上层叠的皱纹和唇边白灼的燎泡为你而生，全为你而生。柔情也一样。

我像一个魂灵，漂浮在找寻的路上。

这找寻似乎无边无际，却也近在眼前。依稀的记忆里，你的样子清白如昨，即便此刻，你的衣袖也伸手可牵。

这找寻终将获得报偿。

……

十

有你照着，我是多么龌龊啊！每每被你托举、旋转、轻拥、粘缠，和你对视我都羞赧不堪，整个儿的人都低到不能再低——你清亮亮的眼波使得我无法实施曾有的、无法说出口的怯懦。

你知道，很多时候，怯懦比正义更容易，和有诱惑力。

在明了我们是什么之前，我们是不是先要弄清我们不是什么，我们拒绝什么，我们必须放弃什么？……而拒绝和放弃，是多么难的一件事——它比掠夺还要难上千倍。你不得不承认，人类本身很多时候是让人沮丧和失望的，没有谁可以扭转人类的终极。我们所要做的，只能是：管住我们自己，拒绝或放弃。

幸而还有你照着，我才知道我不是什么，并有勇气拒绝和放弃，不把自己贱卖给粗鄙的生活，从此，不得堕落——或堕落得不至沉入谷底——跟他们一样。

有时，我听到路边歇息的马"噗噗"地打鼻，便想：那马的名字是不是叫做明驼？千里追风？那主人他……他是不是俊逸逼人，是不是你？

因为护你在心，做月亮，照耀四海，我便不怕了扑入眼底的砂粒。那日，世界收束了光芒，阴霾笼罩大地，风叫得凄厉，雨在哭泣……山路泥泞，伤痛难忍，我坐下来，不由得低头畅哭一场，雨顺着我的眼睫飞流而下……可是，泪俟擦干，我就上路。

当然，要找寻你，除了跋山，还须涉水。可是，到得水边，只觉一只粗壮的胳臂，铁一样，拦在我胸前，一个声音冷冷地说："先装货，后上人。"

哦，这当然是那个名字取作"物质至上"的舵手，认钱不认人、钱多不咬手的舵手。他凭借什么成为了舵手？难道全只因那只粗壮的胳臂？……

还没等我想完，很多听暴戾声音便知红着眼睛的人就像"铁达尼"号上的最后一班旅人，争先恐后地去挤那只船，唯恐自己被漏掉，有的甚至踩了别人的身体，推开妇幼，以期获得自身的拯救……而那天一样大的船啊终将倾覆。

虽然我是那么想渡去找寻你，但我摸索着岸边绳索，毅然大步退后，听船声迤逦，喧嚷远走……身边，春天绿得几乎跳起来，扯我裙裾，使她飞扬。

我收拾心情，重整衣袂。我知道，你要的，是同伴而不是同谋。这意义远比找寻你更加重要。

我是你温柔的鸽子，当然也是你无畏的鹰——哪怕盲了，也存贞观、大义、古典和端正。

你因此会更加爱我。

我因为这行动的选择和想象的甜蜜，而尤其思念你。

多么期待我们年轻而结实的精神团聚……别忘了我是因你而踏上暗黑的勇敢之程。

没有你的残缺什么才可以补缀？哦这残缺，是一脚踏空的辛苦，瞽目摸象的怅然。

我的眼睛盲了，索性把自己的心也藏起来，不教她共花争发，还密密地缝了一层又一层，天地也窥它不得。

只有在找寻到你的那一刻，它才会自个儿铆足劲儿，崩断所有的丝线，"豁朗朗"，笑靥洞开。

然后，然后，用片刻的热烈舞蹈，过残生的宁静日子，伴着舞曲微弱的回音。

就是这样。

唉，我找寻你的期许，不过这样。

简　墨